HYBRID ROMANCE

ハイブリッド・ロマンス

アメリカ文学にみる捕囚と混淆の伝統

大串尚代
Hisayo Ogushi

松柏社

ハイブリッド・ロマンス◆目次

ハイブリッド・ロマンス

図版出典一覧

p. 29：1845年、ワシントン、アメリカ国立美術館所蔵
p. 92, 99, 111：*New York: An Illustrated History* (Knopf) より
p. 103, 109：*Picturing New York* (Columbia University Press)より
p. 104：*The Discovery of the Asylum* (Little, Brown)より
p. 136：*An Appeal in Favor of that Class of Americans called Africans* (University of Massachusetts Press)より
p. 172：1896年、個人蔵

装　　幀——廣田清子（Office Sun Ra）
カバー作品——山口恭司（エンサイツ株式会社）
作品名「砂漠」

序◆アメリカン・ロマンスの大陸

いま、アメリカン・ロマンスが新しい。

この言葉に首をかしげるむきも多いだろう。一九世紀には「小説」と対等のジャンルと見なされていながらも、「ロマンス」といえば現代では恋愛小説の代名詞として、かろうじてその名をとどめるに過ぎないジャンルになってしまったからだ。ナサニエル・ホーソーンの「小説」と「ロマンス」の定義によって、「小説」よりも想像力が占める部分を多く許されたアメリカン・ロマンスというジャンルは、その後リアリズムを標榜する「小説」という文学ジャンルに、主流の地位を奪われてきたかのようにみえる。では、アメリカにおけるロマンスの伝統はいまや消え果ててしまったのだろうか。

だが、そう結論づけるのはまだ早すぎる。多種多彩な散文作品が書かれ、人種、ジェンダー、階級、セクシュアリティなどの問題がときほぐしがたいほど交錯する現在のアメリカ文学を考えるとき、ロマンスこそが、今もなおアメリカ文学を支えているジャンルであるということを印象づけてやまない。なぜなら、結論をあえて先取りして言ってしまうならば、アメリカン・ロマンスの本質をわたしはハイブリディティ〈異種混淆〉であると考えているからだ。

この観点でアメリカ文学史を概観してみれば、実はロマンスがいかにアメリカという国そのものをあらわすジャンルであったか、だからこそアメリカ文学がいかに多くのロマンス作品を生み出してきているか、そしてそのロマンスの伝統がいかに脈々と受け継がれてきているかが、明らかになるだろう。アメリカン・ロマンスとは、その形式自体がハイブリディティであり、なおかつその形式で語られる物語自体もハイブリッティティを内包し、アメリカという国を体現してきたジャンルとして再定義するとき、ロマンスはアメリカ文学においてひじょうに重要な役割を担ってきたことがわかる。ホーソーンの功績は、ロマンスを小説との対比において異なる文学ジャンルであることを明確にし、その特徴に「人の心の真実からそれない限り」の想像力を据えた点につきよう。いうなれば、これはリアリティとイマジネーションの混淆であり、それこそがアメリカン・ロマンスをアメリカ的なジャンルと規定することを可能にしている条件ではなかったか。

この瞬間、議論の俎上にあがってくる作家の幅も時系列の幅も一気に広がりを見せる。一九世紀ではナサニエル・ホーソーンはもちろんのこと、リディア・マリア・チャイルド、エドガー・アラン・ポウ、マーク・トウェイン、ハリエット・ジェイゴブズ、フランセス・E・W・ハーパーらが、また二〇世紀に入ればポール・ボウルズ、バーバラ・チェイス＝リボウ、そしてアーサー・ゴールデンまでが射程に入り、まさにモダンからポストモダンまでのロマンスを概観することになるだろう。だからこそあえてわたしはこう言いたいのだ。「いまアメリカン・ロマンスが新しい」のだ、と。

1　アメリカン・ロマンス進化論

・

なぜロマンスというジャンルがアメリカという国とそれほど相性がよいものなのか？　ここでアメリカン・ロマンスを批評史的に見直してみたい。

『七破風の屋敷』（一八五一年）の序文において、ナサニエル・ホーソーンがロマンスと小説を区別し、「アメリカン・ロマンス」に特権を与えてから実に一五〇年の年月が流れようとしている。以来、多くの研究者たちが、さながら聖杯を求める騎士たちのようにアメリカン・ロマンスの本質を求め、アメリカ文学史の中を縦横無尽に駆けめぐってきた。それはヨーロッパとは異なる「アメリカ的経験」を求める作業でもあり、「アメリカ的ジャンル」を希求する願望の現れでもあったといってよいだろう。

しかしそもそも振り返ってみるならば、エミリー・ミラー・ビューディックが指摘するように、アメリカン・ロマンスと、ヨーロッパ文学に深く根付いている叙事詩（epic）、叙事ロマンス（epic romance）、探求ロマンス（quest romance）などとの共通点は多い。「主人公が使命を果たすべく、さまざまな劇的な冒険を繰り広げる物語」をロマンスというジャンルをジャンルたらしめる条件とするならば、中世ロマンスからゴシック・ロマンス、ウォルター・スコットを経てジェイムズ・フェニモア・クーパーに続くひとつのロマンス伝統の系譜を形作ることができよう（「一九世紀アメリカン・ロマンス」二―三頁）。

イギリスにおけるロマンスを論じたスチュアート・カランによれば、ロマンスというジャンルは「ありそうもないこと（improbability）」を描くことであり、「現実逃避主義（escapist）」と考えられる（一三二―三三頁）。つまりここで問題になるのは、現実との隔たりである。歴史ロマンスであるウォルター・スコットの作品は、歴史的には現実であったかもしれないが、同時代的ではない――読者の現実から遠く離れているという点で「ロマンス」なのである。現実という枠組みを外したところで成立するジャンルがロマンスだとするならば、「ロマンスが持つ非蓋然性の精神は、われわれがもっている完全なる解放や不可能な心理的状態への欲望に根ざしているのである」（カラ

ン 一四八頁)。現実の持つ限界に挑戦し、完全なる理想を希求するという、イギリスのロマンスがもつ一側面は、その後あらわれた小説というジャンルと対比すればいっそうわかりやすくなるだろう。すなわち、小説は現実を映し、ロマンスは非現実を映し出す。

だが、アメリカ文学において「ロマンス」と「小説」の対比は単なる二項対立には留まらない。『七破風の屋敷』の序章において示されているのは、ロマンスとは「人の心の真実からそれない限り」において、作者自身の選択や創作をかなりの程度許し、想像力と現実との融合を企むものであるというホーソーンの構想であった(五頁)。こうした文学的レトリックは、むろん、ここでアメリカ一八五〇年代の政治的イデオロギーと無縁ではありえない。サクヴァン・バーコヴィッチは、一八五〇年に奴隷州および逃亡奴隷法を決める際に取り決められた、いわゆる「一八五〇年の妥協」が象徴する「曖昧性」に注目し、政治的な「妥協」が合意背景にした文学的「曖昧性」と連携していく過程を分析したが、実際その翌年ホーソーンの中では想像と現実が「妥協」するジャンルとしての「ロマンス」観が形成される。ロマンスは「現実逃避」のジャンルではない。前掲のビューディックも明らかにするように、アメリカン・ロマンスは社会政治的側面を意識した「国家意識」をあきらかに反映する物語形式であり、多元主義・民主主義を映す詩学であったといえるのである(二〇—二一頁)。

このようなロマンス論の伝統は、二〇世紀に入ってから、まずリチャード・チェイスの『アメリカ小説とその伝統』(一九五七年)に継承される。チェイスはアメリカ文学伝統はロマンスにあるとし、そのアメリカン・ロマンスとはひとえにアメリカン・ルネッサンス期を特色づけるのみならず、「文学的雑種(literary hybrids)であって、ただその小説的要素とロマンス的要素が他の場合とちがって広範囲に融合しあっている（amalgamation）という点でユニークなのである」（一四頁）と定義づけている。ロマンスとは想像力のみから成り立っているものではなく、現実と想像が混淆しているからこそ成り立つジャンルであることがわかるだろう。チェイスはこのようなアメリカが必要としていた特殊な思想や想像力を持つ作家として、ホーソーン、ハーマン・メルヴィル、ヘンリー・ジェイムズ、マーク・トウェインをはじめ、二〇世紀の作家としてウィリアム・フォークナーやヘミングウェイをあげている。しかも、ここでチェイスが用いている「雑種」「融合」という表現は、人種的な混淆の場合にも使われるという点で示唆に富む。

チェイスのロマンス論を引き継ぎ、一九六一年になるとダニエル・ホフマンは『アメリカ文学の形式とロマンス』において、アメリカン・ロマンスの目的を「正体と意味の発見」の中に看破する。そのための手段としてロマンス作家たちはギリシャ・ローマなどの外来神話やフォークロアといった土着のテーマ、さらに儀礼的なモチーフや社会情勢などを組み合わせた作品を織りなす。こうしたモチーフをまさに混淆させることによって、ロマンスが「現実的なものと不可思議なもの両方」を囲い込むことを可能にしているのだ（三五八頁）。ここにもロマンスの中で異種混淆が特権化されたテーマであることの証左が認められるだろう。

では、いったいどうしてロマンスと異種混淆は相性がよかったのだろうか。ここで文学史と非文学史の区分を越えて、一八五〇年代を再検討してみるなら、私たちはひとつの決定的な作品に行き当たる。というのも、一八五九年に出版されたチャールズ・ダーウィンの『種の起原』こそは、まさに異種混淆を強化する言説を提示したテクストだったと考えられるからである。ダーウィンは第四章「自然選択」において、ある種にともなう「交雑」は「優良な生物が生じるという一般法則の一部をなしている」ことを説き（四九頁）、さらには第八章「雑種」の中で、それまで他の生物学者らによって言われてきた異種間の交雑の不稔性（生殖の不可能性）に疑問を提示した（一三六頁）。してみると、一九世紀半ばのアメリカでは、異種混淆にまつわる言説が、政治的にも進化論的にも、そして文学ジャンル論的にも浸透していたのではなかったか。そうした「異種混淆」を特権化する言説空間にあって、ホーソーンが「虚実混濁」を前景化するロマンス論を展開したのは偶然ではあるまい。そしてこのロマンス論がチェイス、ホフマンを経て、その後の批評家たちにも受け継がれることとなる。

　一九八〇年代に入ると想像と現実の融合した「曖昧性」は、歴史小説とはそのふたつの要素が拮抗する「中間地帯」であると看破した前掲ビューディックのロマンス論として展開される（『小説と歴史意識』）。ビューディックは、現実と虚構を両方とも許容するロマンスというジャンルは、この世の存在性や他者への理解の可能性など、現実への疑問を含む「哲学的懐疑」のためのジャンルであると看破する。その一方でジャニス・ラドウェイは『ロマンスを読む』において、ロマンスが現在、女性に圧倒的に支持されている大衆恋愛小説として果たす意義を問い直す。こうしたロマンス研究再検討の風潮は、一九九五年に出版されたリン・ピアースとジャッキー・ステイシー編『ロマンス再訪』において一つの到達点を迎えた。この刺激的な論文集では、チェイスからの流れを汲む想像と現実という相反する二つの性質の混淆というロマンス論と、いわゆる大衆文学としてのロマンスというラドウェイらの指摘が文字どおり見事に融合されている。この新たなロマンス論の序文において、ピアースらはロマンスとはそもそも他者を求め、愛による理想的な統一《ロマンティック・ユニオン》をめざすジャンルであるということを指摘している（一六頁）。さらに異人種間ロマンスを論じたキャサリン・

ペリーの論文では、異人種間の幸福な統一はロマンスというジャンルにおいてのみ認められていたテーマであることがわかる（「白さの心」一七三頁）。

　ロマンティックな異種混淆を扱うのに最適のジャンルとしてのロマンスの形が浮かび上がってきたところで、これを私はあえてハイブリッド・ロマンスという名で呼び直したい。そして、以上の文脈を踏まえて初めて、それまでアメリカ文学史において異種混淆を描いたがゆえに忘れられた作家となった、リディア・マリア・チャイルドの読み直しの必要性が切実に迫ってくる。彼女こそは、アメリカン・ロマンスの真髄であるハイブリディティを理解し、ハイブリッド・ロマンスを輩出しつづけたロマンス語り《ロマンサー》の名手であるのだから。

2　ふたりのメアリ

　ではここで、数奇な運命をたどった、ふたりのメアリを紹介しよう。

一七世紀、植民地時代のセイラム。厳格な清教徒であった父親のもとを去り、みずからインディアン男性に求婚し、混血の子供までもうけたにもかかわらず、白人男性の元恋人ともとのさやに収まり、白人社会に帰ってきた女性、メアリ・コナント。インディアン男性との間になした混血の子供は、白人社会ですくすくと育ち、のちにケンブリッジ大学に進むまでになった。

　さらに時は下り、一九世紀初頭のミシシッピ河沿岸。森の中で行商人にさらわれ、煤と油で顔を黒く塗られ、黒人少女としてプランテーションに売られてしまった白人少女、メアリ・フレンチ。彼女が必死に自分は白人だと訴えると、頬をつたう涙がその言葉を証明するかのごとく、黒い油を洗いながし、彼女の本当の肌色を浮かび上がらせた。

　この簡単なシノプシスからだけでも、ふたりのメアリに共通することがらを導き出すのは難しいことではない。まず、どちらの体験も人種的差異が絡んでいる。そして両者はともに、異人種の共同体の中に入ったのち、自らがもともと所属していた白人社会（家族）に帰っていく。そしてなにより、どちらも一九世紀白人女性作家、リディア・マリア・チャイルド（一八〇二―八〇年）によって生み出された登場人物だということである。

　チャイルドのデビュー作となった歴史ロマンス『ホボモク』（一八二四年）には、ピューリタン社会とインディアン社会というふたつの相反する社会が存在する。厳格なピューリタン教徒のロジャー・コナントとその妻、そして娘のメアリはイギリスでの生活を捨て新大陸に入植してきたが、その当時白人と周辺に住むインディアンたちの間にはある種の緊張感があり、両者の関係は英語を話すことができるインディアンのホボモクによって保たれていた。メアリのことを密かに愛しているホボモクだが、メアリにはチャールズ・ブラウンという恋人がいた。だがある時チャールズは宗教上の理念の対立からロジャー・コナントらによって共同体から追放され、いったんはイギリスに帰国するも、まもなく船の遭難によって命を落としてしまう。さらにこれまでメアリを支えてきた母親も病気で亡くなり、メアリは「ほとんど狂気といえるほどの悲しみで取り乱し」（一二〇頁）、ついにはホボモクに自ら結婚を申し込むという行為に出てしまう。彼女はインディアン共同体に住み、ホボモクとの間に一児をもうけるのだった。

　一見するとここに現れるふたつの社会は、一方が秩序（ピューリタン）、もう一方が混沌（インディアン）という確固とした二項対立のように見えるかもしれない。だが、ロジャー・コナントが必死で守ろうとしている植民地内部の秩序は、たとえば同じ白人ではあるが宗派の違うブラウン兄弟の存在におびえなければならないほど、たやすく危険にさらされるものでもある。その証拠に、メアリの愛するチャールズ・ブラウンは監督教会派信徒《エピスコパリアン》であるがために「主が禁じた奇妙な香をたくようなナダブとアビブのような兄弟」という烙印を押され（一一頁）、「神の神殿を悪魔のダンス学校に変えてしまう奴ら」と罵られ（六〇頁）、追放されることになる。だが、ロジャーが必死で守ろうとしたピューリタン社会の秩序の脆さは、同時に、メアリが後に持ち込むリトル・ホボモクによる人種混淆と、宗教的異端であり追放されたはずのブラウンの帰還という「異質なもの」を許容する寛容さによって、ハイブリディティを内包せざるをえない。メアリ・コナントが人種的混淆を求める際にインディアン男性であるホボモクを必要とし、宗教的混淆を求めるにはキリスト教内部の差異であるチャールズ・ブラウンを求めたことは、彼女が「異質なるもの」をいかに上手に利用し、自らが持つ他者性の領域を広めようとしたかを如実に示している。

　このハイブリディティの源泉を、たとえば一七世紀植民地時代に出版された捕囚体験記に求めることは難しいことではない。異文化・異人種への恐怖と興味が捕囚という煽情的な設定によって表されている捕囚体験記は、その後のアメリカ文学の原型ともいえるものだからだ。こうした捕囚体験記の作者として最初に名前を挙げなくてはならないのは、メアリ・ホワイト・ローランドソンであろう。彼女を筆頭にしてハナ・スウォートン、エリザベス・ハンソン、ハナ・ダスタンなどが、女性を語り手とした（あるいは女性を主人公とした）捕囚体験記を支えていた。囚われた彼女たちは、荒野の中で宗教的成長を遂げたあとに白人社会に戻ってくるのだが、リチャード・ヴァンダービーツはこれを「捕囚、変化、そして帰還」という捕囚体験記の諸段階を裏書きするジャンル上の約束事として捉えている（五六二頁）。ヴァンダービーツは捕囚体験には「人間の体験における根本的な真実」が含まれていると主張し（五六二頁）、上にあげた三つの約束事を含む物語は文学の中でも一つのアーキタイプとして認められるものだと論じている。

ここで注目したいのは、捕囚体験記に備わっている「変化（transformation）」という特徴である。ヴァンダービーツの言葉を借りると「試練、順応、容認／縁組（ordeal, accommodation, and adoption）」を含む「変化」は、個人としての自己の成長を促すものであり、荒野の中で生き抜く自己形成とも言い換えることができる。しかし今いちど、ここで自己が形成される場が異人種の中であることを確認するなら、その自己に、他者性・異人種・異民族といった、「秩序」の外部にある異質なるものが入ってこざるをえないのではないか。言い換えるならば、アメリカ的な自己形成はつねに、他者を内包することで——メアリが異人種ホボモクと異宗派チャールズを必要としたように——成立するものではなかったか。アメリカン・ロマンスは異質なものを許容するのではなく、むしろ成立要素として、積極的に必要としていたのではなかったか。

3　混成主体の特権化

短編「メアリ・フレンチとスーザン・イーストン」は、チャイルドが編集・発行していた子供向け雑誌〈ジュヴナイル・ミセラニー〉誌、一八三四年五月・六月合併号に掲載された。『ホボモク』から一〇年後に発表されたこの短編の物語自体は、メアリ・コナントが当時の読者に衝撃を与えた異人種混淆物語に比べれば他愛もない作品にうつるかも知れない。

ミシシッピ川西岸に住んでいたメアリ・フレンチは、数マイル先の隣人である自由黒人ポール・イーストンの娘、スーザン・イーストンと一緒に森の中で遊んでいた。するとそこに行商人がやって来て、言葉巧みにメアリとスーザンを森の奥へと連れてゆく。ふたりを誘拐した行商人は、メアリの髪を短く切り縮れ毛にさせると、

すすと油を一緒に煮詰めたやかんを取ると、行商人はスーザンよりも真っ黒になるまでメアリの肌にすすをこすりつけました。すすがすっかり乾いてしまうまで、メアリを火のそばに立たせ、さらにもう一度同じようにすすを塗りたくりました。堅いごわごわとしたタオルで油を落としてしまうと、行商人は笑いながらこう言ったのです。「そぉれ！　これでおまえさんも他のやつらと変わらんくらい素敵な黒んぼになったぜ」（一九二頁）

スーザンとも離ればなれになり、黒人奴隷として売られてしまったメアリは、プランテーションで自分の面倒を見てくれることになった黒人女性ディナーに必死に自分は白人であることを訴える。だが、ディナーは「自分も鞭で打たれないように嘘をつくことが何度もあった」し、「処罰を避けられる状態ならば、どんな奴隷でも嘘をつくことを知っていたので」（一九五頁）、メアリの訴えに真剣に耳を傾けることはなかった。

ここでの最大の「嘘」は、行商人の手によって白人であるメアリが黒人の姿をさせられていることである。と同時に、メアリが「私は白人の子よ、私は盗まれたの（I was stolen）」と泣きながら主張するように、彼女の「白人性」はここではすでに奪われている。それが取り戻されるのは、彼

女の涙が頬に残したひとすじの白い跡が現れるときだ。かくして、メアリ・フレンチは白人であることを認められ、行方をくらました行商人の正体はわからないまま、自分の両親の元に返ることになる。一方、同じように奴隷として売られたスーザン・イーストンは、自分の家に戻ってくることはなかった。物語はこう締めくくられている。「メアリ・フレンチとスーザン・イーストンの唯一の違いは、メアリの肌から黒さをこすり落とすことができたけれども、スーザンの肌からはこすり落とすことができなかった、ということなのです」（二〇二頁）。

この短篇に関して、カレン・サンチェス＝エップラーは、「黒さをこすり落とすことでしか、人種差別を解決できない」というチャイルドの人種間ヒエラルキーの意識を露呈するものであると論じているが（『自由に触れて』三二頁）、ここで私が注目したいのは、メアリがたとえ短期間でも黒人としてまかり通っている（パッシングしている）という点である。いいかえるならば、メアリが白人としての主体を奪われ、「他者」であったはずの黒人にならざるをえない状況が創り出されたことこそ、メアリがスーザンよりも特権的な位置におかれたゆえんではないか、ということである。いうなればこの謎の行商人はロマンスを創り出す人物《ロマンサー》であり、だからこそ異質なるものに自己を開く過程において、メアリは反抗することもなく沈黙を守るのに対して、スーザンは主体が混淆されてゆくメアリを目の当たりにしてこう叫ぶのである。

「メアリの髪を切っちゃだめ！　メアリの髪を切っちゃだめだってば、このごろつきめ！」行商人は、スーザンに悪態をつき、そのいまいましい口を閉じろ、さもなければちょっとはましな態度をとることを教えてやる、と言いました。けれども小さなスーザンは、友達のメアリがそんなにもひどい扱いを受けているのを見て、とても悲しかったので、おもわずこう言ってしまったのです。「あんたは性根のくさった人さらいよ！　メアリのお母さんにあんたのことを言いつけてやるわ！」「へえ、そうかい」と行商人は怒りに満ちた声で言いました。「それはどうかねぇ」。行商人はメアリを木に縛り付けると、馬用の鞭を手にしてスーザンに近づき、彼女をしたたかに打ち据えたのです。（一九一頁）

ここで、争いの原因となったメアリ本人が抵抗している描写はなにもなく、自分自身の主体を変容させられることに抵抗している様子はうかがえない。むしろ、それを見ているスーザンの抗議の声が聞こえてくるばかりであることに気づくだろう。その声は、あたかもチャイルドが異種混淆を描いた『ホボモク』を出版した当時に、「一連の出来事は不自然なだけではなく、まともな読者であれば誰しもが感情を害するものである」（無記名 二六二―六三頁）、「控えめに言っても甚だ悪趣味で、不快な読後感を与える」（スパークス 八七頁）といった書評が出されたことを想起させるものだ。メアリの異種混淆への過程に異を唱えるスーザンの声は、黒人か白人かさえもわからない不気味な行商人の手によって、白人が黒く汚されることへの恐怖を如実に表しているとも考えられるのである。

だがしかし、そうであればこそ、メアリは物語において特権的な役割を果たす。彼女は自らが異種混淆すなわちロマンス化された存在であることを訴え、このロマンスにおいてヒロインの役割を獲得するのである。サンチェス＝エップラーが指摘したように、黒さをこすり落とせるか落とせないかで人種差別を浮き彫りにしているとも読めるこの短篇は、同時に、異質なるものによって自己を混成させられるかどうかについての物語にも、なりうるのである。そのとき、「白人でも黒人になりうる」といった可能性を読みとることもまた、可能になる。

　ここにこそ、他者を嫌悪しつつも受け入れてきた植民地以来のアメリカ的物語であったハイブリディティと、現実と想像力とが混淆したジャンル・ロマンスとが、融合する瞬間がある。

4　ハイブリッド・ロマンスの系譜

　ハイブリッド・ロマンスをひとつの系譜としてアメリカ文学を見直してみたとき、これまで周縁に位置してきたはずの文学作品が、中央に躍り出てくることだろう。これからハイブリッド・ロマンスを考察する上での中心人物は、一九世紀に活躍した作家、奴隷廃止運動家、家庭マニュアル本作家、伝記作家と八面六臂の活躍をした女性、リディア・マリア・チャイルドである。

　リディア・マリア・フランシスは一九世紀が始まってまもなく、マサチューセッツ州メドフォードでパン屋を営むコンヴァース・フランシスとその妻スザンナとの間にできた五人兄妹の末娘として誕生した。幼い頃から読書が好きだったリディアは、ハーヴァード大学に進んだ後にユニタリアン派の牧師となった兄コンヴァース・フランシスの影響もあり、一〇代の時からミルトン、スコット、シェイクスピア、サミュエル・ジョンソンなどの著作に親しんできた。だが、そんなリディアの読書好きを父親はよしとせず、立派な家庭的女性にさせるために、メイン州ノリッジウォックに住むリディアの新婚の姉のもとへ送り出してしまう。

　父親とリディアの関係は、のちに執筆される『ホボモク』の厳格なピューリタンである父ロジャー・コナントと、イギリス国教会信徒のチャールズを愛する、コナントの娘メアリとの間の確執に投影されていると考えることができる。時代的に言えば第二次大覚醒運動のさなかに育ったリディアは、会衆派教会に通う父親の厳格なカルヴィニズムに嫌悪感を抱いていたといわれている。彼女の父親は、当時のニューイングランドの人々の多くが抱いていたように、神の救済が得られないのではないか、自分たちは地獄に堕ちてしまうのではないか、という恐怖にとりつかれており、自分の娘であるリディアも神の教義にそむいたら最後、死後に地獄の火に焼かれてしまうことを教えているほどであった。

しかし同時にリディアは、父コンヴァースからは人種差別反対の意志を受け継いでもいた。メドフォードは一八〇五年に逃れてきた逃亡奴隷を助けたことにより、アメリカでもっとも早い時期に逃亡奴隷を追手から救った町であるとされているが、その逃亡奴隷を救った人の中にフランシス夫妻が入っていた可能性は大きい。リディアがその後生涯関わり続ける人種問題に関して、彼女の両親が強い影響力を持っていたことは否めない。

リディアは弱冠二二歳のときにインディアン男性と白人女性の恋愛物語『ホボモク』（一八二四年）で文壇デビューを果たし、一躍注目を浴びることになる。つづく一八二五年には『反逆者』を出版し、翌二六年には子供向け雑誌〈ジュヴナイル・ミセラニー〉誌を創刊、彼女は作家としての活躍を順調に続けていた。一八二八年には、同じく人種差別反対を志す弁護士デイヴィッド・リー・チャイルドと結婚するが、理想を追うばかりで経済能力のないデイヴィッドを支えなければならなかったチャイルドは、フィクションだけではなく、家事に関するマニュアル本、育児書、家庭の医学書などを出版し、家計をささえる役割を任う。

その後『アフリカ人と呼ばれるアメリカ人のための抗議文』（一八三三年）によって、彼女の人種差別反対・奴隷制廃止論者としての地位は不動のものとなる。同時に、奴隷の即時解放を求めたこの抗議文によって、彼女のロマンス作家、あるいは家庭本マニュアル作家としての名声は完全に失われてしまった。〈ジュヴナイル・ミセラニー〉誌の購読者が激減し、チャイルドのマニュアル本もボイコットされるほどの騒ぎとなったことは、彼女が社会的・政治的に与えた影響力の大きさを物語る。

その後も一貫して奴隷制廃止および女性解放を訴えてきたチャイルドは、これまで文学史の文脈というよりも、主に社会改革運動家として、奴隷解放運動史や女性解放運動史の中で取り上げられてきたといってもいいだろう。だが、彼女の作家としての出発点は、『ホボモク』というロマンスであったこと、つまり作家としてのキャリアが始まる瞬間から、明らかにロマンスと人種の関係を意識してやまない作家だったことは見逃せない事実である。ここであえてチャイルドをロマンス作家として捉えたとき、ロマンスという文学形式が人種的問題という文学的主題をいかに必要としていたかが、鮮明に浮かび上がる。

チャイルドを中心に据えてアメリカン・ロマンスを語ることで、ジャンルとしてのロマンスが刺激してやまない想像力の世界と、現実の絶え間ないせめぎ合いが、つねにアメリカ文学の伝統として存在していたことを——そして今もなおその伝統が存在することを——本書で明らかにしていきたいと考える。

1

◆女が犯す

捕囚体験記伝統と『ホボモク』のハイブリディティ

アメリカン・ロマンス論はナサニエル・ホーソーンによる『七破風の屋敷』(一八五一年)の序文を持って嚆矢とするが、では、アメリカン・ロマンスそのものの起源はいったどこに求めることができるのだろうか。サクヴァン・バーコヴィッチ編の『ケンブリッジ版アメリカ文学史』第一巻は、コロンブスの手記からアメリカ文学史の説明が始まっているし、昨今ではアメリカ大陸をコロンブス以前に発見していたといわれる一千年前のヴァイキング文学を「アメリカ文学史」と見なすむきもある。だがここではあえて、植民地時代の北米大陸において書かれた英語散文形式の作品を基準にしたうえで、序章で論じたハイブリッド・ロマンスを中心にアメリカン・ロマンスの水脈をたどってみることにしよう。いかなるハイブリディティの可能性を考える場合にも、誰がどのような立場で語っているのかをふまえようとすれば、まずは植民者的主体から再検討するのが妥当だと思われるからである。そしてピューリタンたちがアメリカに移民してきた時代において語られた異種混淆物語《ハイブリッド・ロマンス》を探してみることにしよう。そこで私たちは、アメリカン・ロマンス史が――いや、アメリカ文学史そのものが――いかに他者との混淆の上に成立していたかを知ることになるだろう。そしてその文学的要請を色濃く反映した規範的な作家が、リディア・マリア・チャイルドであったことも、同時に明かされるはずだ。

本章では、アメリカ文学史上最初期に出版されたインディアン捕囚体験記とその影響をみることで、一九世紀に書かれたチャイルドの『ホボモク』(一八二四年)における人種とジェンダーを再解釈し、その文学史的位置を再検討することを試みる。そのことによって、アメリカン・ロマンスというジャンルそのものの特質を明らかにしていきたい。

1 荒野のアメリカン・ロマンス——メアリ・ホワイト・ローランドソン

捕囚体験記自体は決してアメリカ特有のジャンルではない。だが、アメリカ文学史においてインディアン捕囚体験記は特に重要な位置を占めている。なぜなら、植民地時代に生まれたこの散文形式は、異文化・異人種への恐怖と興味が捕囚という煽情的な設定によって表されており、それはすなわちその後のハイブリッド・ロマンスの原型ともいえるものだからだ。

イギリスから新大陸に渡ってきたピューリタンたちは、ジョン・ウィンスロップが宣言した「丘の上の町」の建設を自らの使命とし、何者にも邪魔されぬ宗教的生活を送ろうとしていた。しかし彼らの生活は、インディアンによる攻撃と捕囚によって困難を極めていく。インディアン共同体での苦しい生活を終え無事に白人共同体に帰ってきた者は、宗教告白に用いられていた「回心体験記」に基づく捕囚体験記を記し、自らの体験を告白することで神への感謝を公にした。ここでは「苦しむ白人と野蛮なインディアン」という構図がはっきりと読みとれ、容易に人種的偏見を認めることができる。「苦難を乗り越えて家に帰ってくることは、神の思し召しと考えられていた」時代に(デロウニアン＝ストドーラ 一九頁)、インクリース・マザーやコットン・マザーといった高名な牧師たちが捕囚体験記を利用しないはずはなかった。彼らは「嘆き」を用いて神からの恩寵を確かめ、白人共同体内部の信仰心を向上させ、異人種に対する嫌悪感を煽り、一体感を高めようとしていたのである。

屈強なインディアンの男たちに囲まれ恐れおののく白人母子。

序章でもすでにふれたとおり、捕囚体験記のテクストの作者としてメアリ・ホワイト・ローランドソンをはじめとしたピューリタン女性たちがその名を連ねている。この事実に着目して今いちどインディアン捕囚体験記を読み直すならば、そこに興味深い事実を確認することができる。それはローランドソンが自身では繰り返し否定していることではあるのだが、荒野での捕囚生活の中において自己形成がなされた点と、その自己形成人種が分かちがたく結びついている点である――しかもローランドソン自身が巧みに自らの体験記に忍び込ませた自己形成のナラティヴが、その後の女性の自己形成物語にひそかに引き継がれていくことを、マザーらピューリタン男性牧師たちは予期するすべもなかった。

一六八二年に出版されたメアリ・ホワイト・ローランドソンによる初のインディアン捕囚体験記『崇高にして慈悲深き神はいかにその契約通りに振る舞われたか』は、出版後も版を重ね、チャップブックの形で語り継がれ、一九世紀には煽情小説へと回収されていくことになる捕囚体験記の原型ともいえる作品である。この作品では、一六七五年にインディアンの襲撃にあった際に、いかにして彼女とその子供たちがインディアンの捕囚になり、インディアンからの虐待に耐え忍んで神への信仰を深めたか、またいかにインディアン社会が罪深いかが綴られている。西洋文学において、女性がものを書くことは長きにわたって男性の領域を侵すことであるという認識があったことに加え(ギルバート&グーバー 一二頁)、ピューリタン社会においては自己を滅却することこそ美徳とされていた時代に、女性であるローランドソンがこうした体験記を書いたことにはどのような意義があるのだろうか。

キャサリン・デロウニアン=ストドーラは、ローランドソンの体験記が発表されるに至った経緯にふれながら、ローランドソンがもともと身内の間で回し読みするような形でこの作品を書いていたところ、インクリース・マザーの目に留まり発表の運びとなったと説明している(九八頁)。たしかに彼女の体験記は、いたるところで聖書との予型論的解釈が見いだされる。神の加護によりこの試練に耐えられたという個人的な体験は、男性牧師が好んで用いそうなピューリタン共同体全体の救済物語へと演繹可能な内容になっていることは明らかだ。一方、テレサ・トゥルーズは、周囲の反対にもかかわらずローランドソン自身が体験記の出版を強く望んでいたのだという見解を示す(六五‐六六頁)。ボストンの牧師たちが、女性の書いた作品を出版するという、おそらく彼らにとってはあまり好ましからざることを承知したのは、ローランドソンの夫であるジョン・ローランドソンがやはり牧師であったという内部事情と、彼女の実父であるジョン・ホワイトが地元ランカスターの裕福な有力者であったという世俗的理由によるというのが、トゥルーズの推察である。宗教的に利用するためにせよ、世俗的なしがらみがあったからにせよ、一方で男性牧師たちの間でこの体験記の出版を巡ってそれなりの策略があったとするならば、そのもう一方でローランドソン側にも同様に彼女なりのもくろみがあったとしても不思議はない。

ここで捕囚体験記執筆とその出版をめぐる経緯が、女性作家の荒野における自己形成と密接な関係を結んでいたことが提示される。なぜなら、トゥルーズの論に従ってローランドソンが出版に固執したと考えるならば、その理由は単なる宗教告白ではなく、実は自分の身の潔白――つまり自分はインディアンによって精神的にも肉体的にも汚されてはいないことを知らしめることだったのではないかと考えられるからだ。「北東部に住むインディアンが女性捕虜をレイプしたという民族学的な証拠はひとつもないが（中略）、女性捕虜はみずから性的な意味での防御が必要だと感じていた」と説明されるような状況を経て白人社会に帰還した後（ヴォーン&クラーク 一四頁）、ローランドソンが自分の潔白を示す必要を感じていたことは、体験記の結末部分の記述からも読みとれる。

私はずっと吠え立てるライオンや野蛮な熊たちのただ中にいました。彼らは神も人間も悪魔をもおそれず、私は昼夜を問わず彼らの中で孤独をつのらせていました。一緒に眠ったりもしましたが、彼らの中に言葉であれ行いであれ、私に少しでも不貞を働く輩は一人もいませんでした。私が自分自身の名誉のためにこのようなことを話すのだと言う人がいるかも知れませんが、私は神の御前で、神の栄誉のためにこのことを話しているのです。（七〇頁）

この一節で注目に値するのは、ローランドソンが「自分自身の名誉のためにこのようなことを話」しているのではないといいながらも、「言葉であれ行いであれ」自分が汚されたことはないと明言していることだ。彼女は心も体もインディアンによって「汚染」されておらず、すなわちインディアン化していないという自分自身の名誉をここではっきりと示そうとしている。

自身の潔白を示そうと弁明を試みるローランドソンは、しかしながら同時に、生き延びるためにインディアン化せざるをえなかった自分の姿もまた、テクスト内で映し出す。それを端的に表しているのが彼女の食習慣の変化である。たとえばインディアンの捕虜になってからまもなくの間は、ローランドソンはインディアンの食生活が耐えられないものだったことを告白する。

インディアンに囚われて最初の週は、ほとんど何も食べることができませんでした。次の週には、私は食べ物がないので自分の胃が弱っていくのがわかりました。それでもインディアンたちの汚らわしいゴミのような食べ物にはなかなか手を出せませんでした。(四四頁)

ところが捕囚生活も三週目に入ると、「ゴミのような食べ物」だったはずのものを、一転して「私の味覚にとっても素晴らしく美味しい」と感じるほどにインディアンの食生活に適応していくことになる(四四頁)。

ローランドソンの食生活におけるインディアン社会への適応はまた、彼女の食に対する態度のインディアン化をも引き起こすことになる。インディアンに一片の馬のレバー肉をもらったローランドソンは、その肉を焼いている間に他のインディアンに肉を半分奪い取られてしまう。これ以上肉を取られまいとしたローランドソンは残った肉片をいそいで飲み込み、口のまわりを血に染める(四五頁)。飢えの前ではこれまでのような態度をとれないと判断したかのように、ローランドソンは自分がインディアンにされたのと全く同じ仕打ちを反復する。

インディアンの女が馬の足をゆでていました。彼女はそれを私に少し切り分けてくれ、白人の子供のひとりにも分け与えました。おなかが空いていたので私はさっさと自分の分を食べてしまいましたが、その子供は肉が噛めずにいました。肉が固かったので、その子は口で肉を吸ったりくちゃくちゃと噛んだり、よだれでべとべとにしてしまいました。そこで私はその子供から肉を取り上げ自分で食べてしまい、心ゆくまでその味を楽しんだのでした。（六〇頁）

かつて「ゴミのような食べ物」と認識していたインディアンの食べ物を、哀れな白人の子供から取り上げるローランドソンは、明らかにインディアンの行動を反復している。このほかにもインディアンの物々交換の習慣を利用し、二〇ポンドで解放されたローランドソンは、表向きは否定しているにもかかわらず、確実にインディアンに適応している自身の姿を描き出している。

このインディアン化がインディアン社会で暮らすために必要であったことに関して、インディアンがいなければローランドソンは荒野で生き残れなかったとするアネット・コロドニーの考察や、ローランドソンがこうしたサバイバル状況に置かれたことで、ピューリタン社会で抑圧されていた自己が啓発されたのだと結論づけるタラ・フィッツパトリックの論は傾聴に値する。だがそれが可能となったのは、彼女が女性であったからではなかったか。というのもローランドソンはインディアンのために縫い物や編み物をして、つまり女性ならではの技術を活かして、インディアン社会に溶け込んでいったからである。それは、インディアン社会というピューリタン共同体の外部において他人種に適応することにより、ピューリタンの規範に囚われることのない女性像が現れてくる可能性を示唆しよう。身の潔白を告白すると同時に自らのインディアン化をも暗示することで、ローランドソンは荒野の中で発見した自己の存在をテクストに潜ませていたのである。

2　冷酷なるバウンティ・ハンター――ハンナ・ダスタン

インディアン化した女性はローランドソンだけではない。インディアンの助けを借りて授乳をしたハンナ・スウォートンや、娘の一人がインディアンの子供を産んだエリザベス・ハンソンらもまた、捕虜になっていた間にインディアン社会の暮らしに適応した人物といえる。しかし彼女たちを遙かに凌ぐインディアン化を見せたのが、コットン・マザーが「ハンナ・ダスタンの捕囚からの驚くべき解放」においてその勇敢な行動を称讃した女性、ハンナ・ダスタンである。彼女は一六九七年にインディアンの襲撃にあい、自らの子供を木に叩きつけられるという残虐な手口で殺され、自分は産後間もない状態で捕虜となってしまう。ところがダスタンは、ローランドソンらのように穏便な形でのインディアン化は選択せず、その代わりにインディアンの寝込みを襲い、二人のインディアン男性、およびその妻たち、そして七人の子供たちを斧で殺したばかりか、インディアンの流儀に倣ってそれぞれの頭の皮を剥いで持ち帰ったのである。それによって五〇ポンドの賞金をマサチューセッツ植民地から与えられたダスタンは、まさに一七世紀の賞金稼ぎ《バウンティ・ハンター》であった。

リチャード・スロトキンは『暴力の果ての再生』において、ダスタンは「インディアンと白人の性質をある程度象徴的に融合させ」た結果、「インディアンのやり方に倣って自分の捕らえたものを殺し、皮を剥いだ」と論じ（一一四頁）、彼女の行動をインディアン化のひとつのプロセスとして説明している。ホミ・バーバにならうならば、ダスタンは「完全とはいかないまでもほとんどインディアン化した（indianized but not quite）」存在だと言えるだろう。一方、ダスタンの行為を賞賛すべきものとして世に紹介したコットン・マザーはダスタンの行動に次のような理由を付与し、正当化を試みている。「自分の命をどんな法律によっても守れないところにいる以上、自分の子供を叩き殺した殺人者の命を奪うことは、どんな法律によっても禁止されてはいないとダスタン夫人は考えた」（一六四頁）。

インディアンによる残虐な白人捕囚に報復した、同様に凄惨なダスタンの行為が示すのは、もはやどちらが加害者でどちらが被害者かという区別ができなくなるということにほかならない。マザーは奇しくもダスタン夫人がいた場所、つまり荒野は無法地帯であると述べていたが、無法地帯を内包するのは荒野だけではなく、捕囚体験記というジャンルそのものであったと考えることができる。その意味でも、捕囚体験記が女性によって多く語られている事実は重要な点である。なぜなら、この混乱状況、無法地帯こそ女性の自己形成にもっとも相応しい場所と言えるからだ。ジーン・ベスキ・エルシュテインは『女性と戦争』において以下のように論じている。「一般的には男性の集団的行動は道徳的に説明される傾向があるし、文化的に是認された境界線の内部で起こる傾向がある。戦争・政治の物語と解け合って一体となった地平の外部で、政治が効力を失って暴動や革命が起きたり無政府状態になると、つまり事態の収拾がつかなくなると、女性の暴力が発生する」（一七〇頁）。言い換えるならば法も社会的道徳的規範もない混沌とした場所は女性のための場所であり、その場所で起こったことは男性的規範を体現する法で裁くことはできないのである。ピューリタン社会から切り離され、境界線を超えたところで起こったダスタンのインディアン殺戮は、そこでインディアンを模倣することによってピューリタン的な規範を逸脱し、男性主体のピューリタン的な尺度で裁かれることを拒絶する。

勇敢にして残虐きわまるダスタン夫人の物語は、一九世紀に入ってからも繰り返し取り上げられた。たとえばジョン・グリーンリース・ウィッターの「母の復讐」やナサニエル・ホーソーンの「ダスタン一家」といった短篇や、ヘンリー・デイヴィッド・ソローの『コンコード川とメリマック川の一週間』などの紀行文にその言及が見られる。しかしこの印象深い女性の物語は、ダニエル・ブーンなどに代表されるようなフロンティア伝説として受け入れられることはついになかった。それはおそらく、彼女があまりにも男性の社会規範を逸脱していたからであろう。

ホーソーンは前掲の短篇において、ダスタン夫人の復讐に燃えた殺戮の様子を、あたかもホラー小説さながらの大量殺人の場面として読者に伝えている。

ああ！　悪夢に出てくるような低いうなり声。それはインディアン戦士の今際の苦しみを伝えていた。うなり声がもう一度！　またもう一度！　三度目に聞こえてきたのは、女の口から発せられる半ばつぶやくようなうなり声だった。しかし、ああ、インディアンの子供たちは！　あの子たちの肌は赤い。だがハナ・ダスタンよ、この七人の小さき命を助けてやれ、おまえが自分の乳を与えた七人の子供のためにも。「七人」ダスタンはひとりごちた。「八人の子供を私は産んだ。でも七人目の子供はどこに行った？　八人目の子供はどこに行ってしまった!?」その考えると腕に力が入る。そして土気色をしたインディアンの赤ん坊たちは、その母親とおなじように、死の眠りについた。（四三頁）

ホーソーンにとってダスタンは「恐ろしい女」であり、誰も傷つけずにインディアンのもとから逃げ出した、彼女の「心優しくも勇敢な」夫とは正反対の対照をなす存在として描いている（四五頁）。一方でソローは、ダスタンの逸話は「暗黒の時代よりももっと昔のように思われる」（五三頁）と断じ、現在とは全く関係のない過ぎ去った話として一蹴する。

自らの自己を荒野で確立したハンナ・ダスタンは、もはや男性中心の社会規範にはもっとも受け入れられない存在へと変化していってしまう。ホーソーンによる否定的な描写は、彼女が攻撃的であるのみならず、自己形成を完了してしまった女性であるがゆえに、男性にとって望ましい理想とはほど遠い存在であることを明確に示す。しかしながら、ローランドソンとダスタンの物語が示唆するのは、女性が荒野において自己を確立するということ、そしてそこにはピューリタン社会から逸脱するためのインディアンの捕囚が介在しているということである。一七世紀の女性にとって、インディアン捕囚は自らの解放のために必要な条件だったのである。

3　異端・異民族・異種混淆

以上のように、女性による捕囚体験記の意義をふまえた上で、一九世紀に書かれたインディアン・ロマンス『ホボモク』を考察してみるなら、どのような意義が見いだせるだろうか。一七世紀の捕囚体験記がインディアン嫌悪を煽るために用いられていたのに対し、一九世紀になるとインディアンを高貴なる野蛮人として理想化する小説が多く見られるようになる。リディア・マリア・チャイルドのデビュー作『ホボモク』もそうしたロマンスのひとつである。このロマンスは一七二九年に始まる、まだセイラムがノームキークと呼ばれていた頃の物語である。厳格なピューリタン教徒のロジャー・コナントとその妻、そして娘のメアリはイギリスでの生活を捨て新大陸に入植してきたが、インディアンの土地に勝手に入り込んで来た白人たちをこころよく思わないインディアンたちが当然のように存在しており、白人もまた「野蛮」なインディアンたちに恐怖心を抱いていた。この両者をつないでいたのが英語を話すことができるインディアンのホボモクであった。メアリのことを密かに愛しているホボモクだが、メアリには監督教会派信徒であるチャールズ・ブラウンという恋人がいた。だが、ピューリタンとの宗教理念上の対立から、チャールズはロジャー・コナントらによって共同体から追放され、まもなく船の遭難によって命を落としてしまったらしいという知らせが、メアリのもとに舞い込んできた。さらにこれまでメアリを支えてきた母親も病気で亡くなると、メアリは「ほとんど狂気といえるほどの悲しみで取り乱し」(一二〇頁)、ついにはホボモクに自ら結婚を申し込むという驚くべき行為に出てしまう。インディアンの村へと逃げた彼女は、このインディアン男性との間に子までなしたのである。

チャイルドは自らのロマンスの中で、当時の書評者も読者も驚くほど情熱的な役割をインディアン男性に与えている。それは、白人女性の夫という役割と、異種混淆の子供の生物学的父親の役割である。メアリ・ホワイト・ローランドソンがインディアン化しながらも、表立っては自分の身の潔白を告白したのに対し、チャイルドは最初から人種混淆を全面に出すことで読者の興味をそちらに惹きつけたのである。ただし、こうした異人種間恋愛を描いたのは、チャイルドが最初ではない。ジェイムズ・ワリス・イーストバーンの叙事詩『ヤモイデン――フィリップ王戦争の物語』(一八二〇年)は、フィリップ王戦争で戦死したインディアン戦士ヤモイデンと、やはり戦争で命を落とした白人女性ノラの悲恋を描いている。この叙事詩は当時大変な人気を博し、一八二一年の〈ノース・アメリカン・レビュー〉誌には二二ページにもわたる書評が掲載され、無記名の書評者は「我が国で作られた詩においてもっとも重要な試みのひとつ」と絶賛した（四六六頁）。その書評に啓発されたチャイルドは、今度は散文形式によるインディアン男性と白人女性の恋愛を描き出したのである。

『ホボモク』も概ね好意的な書評を得たものの、〈ノース・アメリカン・レビュー〉誌、一八二四年六月号の書評者は、物語の一部が不自然であることを指摘し（二六二頁）、またジェレド・スパークスは必ずしも読者全員がこの話を認めないだろうという感想を記している（八七頁）。ふたりの書評者がともに認めなかったもの、それは人種混淆のテーマそのものだったのである。インディアン男性と白人女性の恋愛を描いた叙事詩『ヤモイデン』が手放しの賞賛を獲得したのに対し、同じ題材を扱ったはずの『ホボモク』が受けたこの評価は果たして正当なのだろうか。キャロリン・カーチャーやリランズ・パーソンは、『ホボモク』が同時代の男性読者を刺激したのは、人種的問題が扱われているということよりも、メアリの「家父長制への反抗」（カーチャー、『ホボモク』序文xx頁）が描かれていたためではないかと推察している。

たしかに『ホボモク』は前掲の批評家たちのようにフェミニスト的な視点を導入し、人種的境界を超えることで「家父長制への反抗」を表したと考えることもできよう。そのことは実在したセイラム（ノームキーク）の創設者であるロジャー・コナント（一五九二―一六七九年）をメアリの父親に据えたことからもわかる。共同体建設の立て役者であり、本来ならば歴史的に敬意を集めるはずのロジャーに狂信的なピューリタンの役柄を当てはめているからだ。だが、ここに捕囚体験記に内在する女性の自己形成の伝統を読みとるならば、メアリ・コナントの行動に新たな意義を付与することが可能となる。

一見するところ、『ホボモク』にはインディアンが出てくるだけで、特に捕囚体験記の形式を踏襲しているとは言えないように思われる。たしかに、今までのインディアンによる白人の捕囚というモチーフはこの作品には登場しない。なぜなら、この作品は伝統的な捕囚体験記をもうひとひねりしているからである。その手がかりとなるのが「捕虜は共同体の土地の一画に閉じこめられ、三〇人が彼らの監視にあたった」（四一頁）という一文が示す「捕虜」が、このロマンスの中ではインディアンに囚われたピューリタンではなく、ピューリタンに囚われたインディアンを指している点だ。これは、白人に反感を持つインディアンたちが白人共同体を襲撃しようとしたところ、ホボモクの知らせにより白人が逆にインディアンを捕らえる場面に登場する一文である。つまり、この作品でチャイルドはピューリタン社会の方が「捕囚する」側として描いていることがわかる。

さらに、囚われているのはインディアンだけではない。ヒロインであるメアリ・コナントもまた、白人男性社会に囚われた人物として描かれている。彼女は「自分の父親の宗教的な良心のとがめには全く同感せず」（四六頁）、「優しいお母様がいらっしゃらなければ、今日にでも喜んでノームキークを離れるわ」と、イギリスへの思慕を吐露する（一九頁）。メアリ自身が白人共同体内部にいてもつねに違和感を感じずにはいられなかった囚われの人物であり、そこからの脱出を考えていたのである。アリス・ジャーディンは『ガイネーシス』において、「意識的な主体の外部にある空間は、西洋の歴史において常に女性と関係づけられていた」と論じている（一一四頁）。つまり常に女性の空間（female space）は外部にあり、それは前出のエルシュテインの主張を絡めて考えるならば、内部の秩序がないところ、無法地帯・混沌と言い換えることができるだろう。

この「秩序と混沌」の対照は、『ホボモク』では明確に正統と異端を区別し、決して異端を許さないピューリタン社会における宗教論争にも現れている。ピューリタンにとって「異質」(六九頁)である宗派は「神の神殿を悪魔のダンス学校に変えてしまう奴ら」(六〇頁)と罵られ、徹底的な迫害をうける。同じキリスト教であってもその内部の差異に徹底的にこだわるあまり、メアリの恋人であり監督教会派であるチャールズ・ブラウンは、共同体からの追放を余儀なくされ、母国イギリスへと帰らざるをえない。

メアリもまた、ピューリタン白人社会にいる限り「正統・秩序」の支配を逃れられないのであればこそ、その先にある共同体の外部、ここでは白人男性中心の共同体の外に出ていく必要があった。この点については、フィリップ・グールドを初めとする批評家が指摘するように、メアリが白人社会から脱走したのは、母親と恋人を失った悲しみでまともな精神状態を保てなくなったからだという理由付けがなされている(グールド 一二九頁)。確かにチャイルドはメアリの狼狽ぶりを次のように描写している。


深い悲しみで狼狽していたメアリは、とてもまともな状態ではなかった。(中略)メアリの頭は混乱していた。最初はほの暗い明かりがあらゆるものをぼんやり照らしていたのだが、ついには悲しみの中へと追いやられてしまい、何がその源だったのかわからなくなっていた。様々な思いと感情が混ざり合う中で、メアリは突然ホボモクを振り返り、こう言った。「ホボモク、あなたが私を愛しているなら、あなたの奥さんになってもいいわ」。それに対してホボモクはこう答えた。「いくつもの月が巡るあいだ、メアリのことを愛していた。ホボモクは偉大な霊を愛するようにメアリを愛していた」。「今から一時間後に私の部屋の窓のところへ来て。そして私をこっそりプリマスに連れてってちょうだい」(一二〇―一二一頁)

メアリのホボモクへの求婚がなされたのは、彼女がまともな精神状態ではなかったがゆえである、と考えることは確かに可能だ。だが、父親のせいで恋人を追放され、母親を亡くした一見「かわいそうなヒロイン」を描きつつも、チャイルドは後にメアリの中に隠されたしたたかな意志の力を暗示する。というのも、インディアン共同体につれてこられたメアリは「自分は病気ではない」ことを明言しているからだ。

「もしもメアリの具合がわるいならこれで治る」(と、ホボモクが言った)。「私は病気じゃない」と、メアリは短く答えた。ホボモクはメアリが正気であることを確認すると、婚礼の準備をしに出かけた。(一二四頁)

ここでチャイルドは、メアリが「正気であること(her rationality)」をホボモクに確認させ、メアリの意志によって結婚したことを明らかにする。ならば、この異種混淆は必然的にメアリ自身が企んだことになりはしないだろうか。

ローランドソンやダスタン夫人の捕囚体験記が示すように、捕囚されインディアン社会に入ることは確かに苦難を伴うものではあったかも知れないが、結果としてそこから女性の自己形成が生まれたことを考えるならば、逆に女性にとって必要なことだったといえるだろう。ここで今いちど歴史的経過を確認するならば、一六七五年のローランドソンの捕囚体験記、一六九六年のダスタンのインディアンへの復讐譚を経て、一八二四年に書かれたチャイルドのインディアン・ロマンスが登場する。そして『ホボモク』の物語開始設定年代の一六二九年。女性・異端・インディアンという文脈をふまえたうえで一九世紀と一七世紀をつなぎ合わせる線を結んだ先に浮かび上がってくるのはあるひとつの事件——一六三〇年代後半に起こったアン・ハチンソンを中心とするアンチノミアン論争にほかならない。

ローランドソンの捕囚体験記を利用したコットン・マザーの祖父ジョン・コットンについてニューイングランドに移民してきたハチンソンは、女性たちに信仰の基盤を考え直すように諭し、教会を中心としたピューリタン神権制度に異義を唱えた女性である。人と神との直接の魂の交流を第一義的なものと考え、信仰を教え導く牧師などの存在を不必要であるとしたのみならず、神との契約を遂行することで現れる外見的な「聖化」は、救済に値することを示す「義認」を表すものではないと主張するハチンソンの「危険な」思想を、当時マサチューセッツ湾植民地総督であったジョン・ウィンスロップは一六三六年一〇月二一日付の日記でこう記している。「賢くもあり、大胆な心を持ったハチンソンという女性は、ふたつの誤った危険な思想を持ち出した。すなわち聖霊は義認を約束された人の中に存在するということと、聖化は義認を示すものではない、ということである」(一九三頁)。二年にも及ぶ論争の結果、ピューリタン社会を追放されたハチンソンは、荒野で「化け物のような子供を産み落とし」、その後インディアンに襲われて命を落としている(ホール『驚異の世界』八五頁)。異端的な思想を主張したがゆえに父権制の空間から離れ、異民族の住む空間に出ていった女性アン・ハチンソン。彼女の共同体追放が示したこととは、彼女の異端的行動だけではなく、異端者は異民族と同じ空間に入れられるということ――すなわち、異端と異民族を同等に見なしているピューリタン社会の思潮的背景である。

ところが、そのハチンソンをめぐる評価は一九世紀に入って変化を見せはじめる。その最たる例はナサニエル・ホーソーンが『緋文字』（一八五〇年）のヒロインであるヘスター・プリンのモデルにハチンソンを用いたことであるが、デイヴィッド・レナルズによればホーソーン以前からすでにハチンソン再評価の動きがあったという（三四四頁）。ヘスターが犯した「姦通」とは、共同体が認める結婚によって許された者以外と交わるという罪を犯すものに与えられる罪名だとするならば、「異端」とは許された教義以外の思想と交わるという罪を犯すことほかならない。そう、「他と交わること」そのものが罪になるのである。ハチンソン再評価の一端を担う作品として『ホボモク』を読み直してみるならば、異端を許さないピューリタンの父親に反抗し、白人共同体の外にある荒野にてインディアンとの交接の結果である「化け物のような子供を産み落とし」たメアリは、ハチンソンという宗教的異端の系譜と捕囚体験記のインディアン化する女性の物語の伝統が合流する地点に存在する。であればこそ、メアリがなぜみずからインディアン社会に入り込むヒロインとして描かれているかわかるだろう。彼女は男性中心のピューリタン社会に囚われており、そこからの逃亡が必要だったからだ。

だが、同じくピューリタン共同体を追われイギリスへ戻ったブラウンとメアリとの違いはどこにあるのだろうか。メアリはなぜ、望郷の念をつのらせていたイギリスではなく異人種の中へ入ることを決意したのか。このメアリの決断に、ハイブリッド・ロマンス成立の鍵が隠されている。

4　犯す女の物語――メアリ・コナント

前述したように、主人公が二人とも死んでしまう悲恋詩『ヤモイデン』とは異なり、インディアン男性と白人女性の結婚およびその後の共同生活を記した『ホボモク』を、同時代の読者は決して快く受け入れたわけではなかった。「一連の出来事は不自然なだけではなく、まともな読者であれば誰しもが感情を害するものである」（無記名　二六二―六三頁）、「控えめに言っても甚だ悪趣味で、不快な読後感を与える」（スパークス　八七頁）といった書評は、一九世紀になっても異種混淆によって白人の血が汚されることへの恐怖を如実に表しているといえよう。この不快感は異種混淆というタブーが、インディアンによる白人女性のレイプを連想させることから来るものである。だがしかし、ここで考えなければならないのは、『ホボモク』においてレイプされたのはいったい誰なのか、ということだ。

そもそもメアリは自分からホボモクに結婚を申し込んでおり、さらにその後の彼女の精神状態は「正気であった」ことが記されている。であれば、このロマンスで利用されたのはほかならぬホボモクであり、チャイルドはここで煽情小説の伝統にある「捨てる男・捨てられる女」をいとも簡単に転覆させる。このロマンスにおいて、レイプされたのはホボモクであり、レイプしたのは一見「悲しみで狼狽した」メアリだったのである。白人女性メアリ・コナントはインディアン男性ホボモクを犯すことで、異種混淆というピューリタン家父長制社会におけるタブーそのものを犯したのだ。

ホボモクの微妙に弱い、インディアンという有色人種であり第二の恋人という立場は、死んだと思われていたチャールズが奇跡的に生還したことを知ったホボモクが、メアリのために自ら身をひいて森の中へと消え去っていくところからも読みとれよう。

ホボモクは自分のライバルである男(チャールズ)が、痛む頭を抱えて木に寄りかかる様をじっと見つめた。そして再びこの男の命を奪おうかと考えた。「いや、だめだ。メアリは最初はこの男のものだった。メアリは私よりもこの男の方を愛している。今でもメアリは彼のために眠っているときでも祈っているではないか。メアリのために犠牲が払われなければなるまい」。(一三九頁)

ホボモクはメアリを愛していながらも去らなければならず、子供であるリトル・ホボモクもメアリが白人社会へと連れて行ってしまう。そしてチャールズがこの混血の子供の父親となり、次第にホボモクという名のインディアンは忘れられていくことになる。このロマンスは、したたかな白人女性がか弱い有色人種男性を翻弄する、逆煽情小説だったのである。そして、まさにそのことにより、この一見通俗的なロマンスは、もっとも破壊的な政治学をもたらす。というのも、メアリに必要だったのは、外部にある「女性の空間」に出ること、そして女性として男性社会に異議申し立てをするために自ら混沌を創り出すことだったからだ。そして奇しくも秩序を表す男性社会が、純粋性や正統を重んじてやまないピューリタンであったのに対し、メアリが創り出さなければならなかった混沌は、もっとも過激な異端としての異種混淆、つまり宗教的規範と人種的規範を同時に犯すことでのみ可能なハイブリディティの次元であった。だからこそ彼女はハイブリッドな存在を創り出すために異人種と交わらねばならず、そのためには白人チャールズでは要求される役には遠く及ばない。確かにチャールズもピューリタン社会にとっては異端の存在ではあったが、彼は母国イギリス、つまり白人男性支配の共同体に帰属する人間であり、メアリが作り出すべき「混沌」は白人男性社会の外に向かわねばならないのである。

メアリとの間に混血の子供を作れない白人チャールズがリトル・ホボモクにとって義父でしかないように、ホボモクもまたメアリにとっては白人になってはならない存在だった。ホボモクがいくら「長年プリマスで白人と一緒に住んでいたために」白人に近い存在になろうとも（三二六頁）、異人種のままでいなければならなかったのである。いくら彼が「ほとんどイギリス人に見える」存在ではあっても（一三七頁）、メアリの目的を達成しなければならないという物語学的要請は、彼が完全に白人になることを禁じてやまない。ホボモクは結局のところ子種だけメアリに与えて、父親の役割を果たさず去らなければならない代理父であり、一方チャールズは生物学的な父親になることを禁じられた不能な存在と化す。

一方メアリはインディアン社会内部である程度インディアン化し、ハイブリッドな子供を産み、その子供を連れて白人社会に帰ることで女性のための空間を広げようとする。インディアンという異民族が伝統的な女性文学としての捕囚体験記に不可欠だったように、チャイルドのロマンス『ホボモク』でもインディアンの存在が不可欠だったのである。メアリはローランドソンのように自分の身がインディアンに犯されておらず潔癖だと主張することも、ダスタンのように過激にインディアン化し、殺戮を繰り広げることもしてはいない。だが、インディアンを利用し、女性としての自己を拡大した点では同じである。いや、もっと狡猾に女性の空間を広げようとしたとも言えるだろう。ここでローランドソンからダスタンを経てメアリ・コナントへと連なる捕囚体験記の伝統は、インディアン化することでインディアンと闘うことから、インディアン化することで白人男性社会と闘うことへと移り変わっていく。それぞれに共通しているのは、その闘いを可能にしているのが女性の自己形成への意志だということである。

ロマンスというジャンルそのものが、想像力と現実世界という異種を混淆しているジャンル形式であることを考え合わせると、ジャンルとしてのロマンスがすでにロマンスを内包している一方で、ロマンスのヒロインであるメアリ・コナントはさまざまなタブーを犯し、ハイブリディティを白人社会に持ち込むことで女性の空間を広げようとした。一九世紀初頭に出版されたロマンス『ホボモク』は、捕囚体験記というジャンルが一七世紀から連綿と続き、ロマンスというジャンルとまさに混淆したことを明らかにする。捕囚体験記に内在する女性の自己形成という、コットン・マザーがおそらく見落としていたであろうもうひとつの伝統が、一九世紀に入ってより過激なかたちで一気に浮上してきたこと、そして彼らが嫌悪したインディアンとの混淆が逆にアメリカン・ロマンスの不可欠な要素になっていることを、リディア・マリア・チャイルドの逆煽情小説『ホボモク』は雄弁に物語る。

2◆祖母の物語

ボストンの三人の魔女

一九世紀の女性小説には母親が出てこないと指摘したのはフェミニズム批評家マリアンヌ・ハーシュであるが、その例にもれずチャイルドの作品にも、母親の姿はほとんど登場しない。

第一章であつかったデビュー作『ホボモク』では、ヒロインであるメアリの母親は、メアリの心の支えではあったが物語半ばにして病死し、古代ギリシャを扱った歴史ロマンス『フィロシア』（一八三六年）では、ヒロインの両親は共に他界しているし、奴隷体験記小説の『共和国ロマンス』（一八六七年）では母親のいないクレオールの姉妹が主人公になっている。同様に、一八二五年に発表された『反逆者——革命前のボストン』でも、母親は回想の中にしか出てこない。しかし、興味深いことにこの作品には、母親に代わるもうひとり別の女性が登場することになる。

作品発表時から半世紀ほど前のアメリカ独立革命期を扱った『反逆者』は、歴史的事実や実在の人物を登場させながら架空の物語を織り込んでいく歴史改変小説であり、孤児であるルクレツィア・フィッツハーバートが苦労を乗り越え、一人前の女性として自立し、自らが選んだ配偶者と幸せな結婚をするという感傷小説としても読める作品になっている。そしてこの作品においてチャイルドが母親がいない少女をヒロインに据えたことは、ハーシュが述べているように、母親とは違った物語を形成するべく運命づけられたヒロインが、あくまでも母親性を拒絶する傾向があることの証左をなす（四六頁）。いいかえるなら、親が辿ってきたであろう伝統的なお定まりの恋愛や、男性による女性の物質化を拒否する姿勢を表しているといってよい。しかし同時に、こうした母親の不在こそが、皮肉にもヒロインに母親と同じ人生を繰り返させることになるともハーシュが論じていることを思い出せば、ルクレツィアが結局は「結婚」という、作品には登場しない母親と同じ道を歩みはじめたところで物語が終わっていることは、娘が不在の母の物語を引き継いだことを示唆しているようにも見える。

しかし、母親が出てこないという理由だけで、『反逆者』を数ある「母と娘の物語」のひとつとして簡単に切り捨てることはできない。なぜなら、確かにこの物語には母親こそ出てはこないが、その代わりとして祖母が登場し、ヒロインを翻弄するからである。ちまたでは「魔女」と呼ばれ変人扱いをされている祖母モリーの存在によって、いったん構築されかけた「母の物語」は微妙にずらされ、いわば「祖母の物語」ともいえる物語が浮上する。さらにそこに魔女である祖母が示唆する年齢意識の言説を読み込むとき、長らく忘れられていたロマンス『反逆者』は、「母と娘」関係そのもののみならず、エイジズムの物語として読み直されることになるはずだ。

1　母国と娘国

一九世紀の歴史小説の中で、もっとも取り上げられることが多かった題材は、ピューリタン、インディアン、そしてアメリカ独立革命の三つだといわれている（ベイム『アメリカ女性作家と歴史小説』一五四頁）。チャイルドは『ホボモク』においてピューリタン及びインディアンを、『反逆者』でアメリカ独立革命を、さらに『共和国ロマンス』では奴隷制を扱い、これらの作品はどれも父権制とのアナロジーで読める題材を扱っていることは明らかだ。キャロリン・カーチャーによれば『ホボモク』は「家父長制への反抗」を描いたものであり、『反逆者』は当時のボストン文壇の大御所ジョージ・ティックナーへの「反逆」として読むことも可能だとしている（『共和国最初の女性』四三―四四頁）。確かにもっとも素直に『反逆者』を解釈すれば、独立革命を女性の独立になぞらえ、女性が独立宣言のレトリックを勝ち取る――つまり父親から独立する娘の物語とも読めるかもしれない。だが、実のところこの作品に父親と娘の対立を読み込むのは難しい。というのもここでは父親（的存在）と娘の確執というよりも、母親（的存在）と娘の対立が起こっているからだ。そしてそのときに注目したいのが、副題になっている「革命前のボストン」である。そもそもこの作品は独立革命そのものを描いているわけではない。独立革命が起こる以前のアメリカ、つまりイギリスを排除しているわけでも、アメリカとして独立しているわけでもない混沌とした時期を描いたことに大きな意味がある。

物語を追ってみよう。ヒロインであるルクレツィア・フィッツハーバートは、イギリスの貴族男性とニューイングランド植民地の女性との間に生まれた。彼女がまだ幼い頃に父親フィッツハーバートが乗った船は難破し、母親マチルダはその後病死したが、ボストン総督ハチンソンの義妹が後見人となり、ハチンソン家で暮らしている。そんな折、とうとうイギリスのフィッツハーバート本家から、ルクレツィアが正式な相続人として認知されたという知らせが舞い込む。以前から密かに恋心を抱いていたハチンソンの甥であるフレデリック・ソマーヴィルと婚約したルクレツィアは、二人で本国であるイギリスに渡っていく。ところがその幸せも長くは続かなかった。故郷で挙式するためにボストンに戻ってきたルクレツィアは、ソマーヴィルがルクレツィアの親友グレイスに惹かれていたにもかかわらず、家柄・財産目当てでルクレツィアと婚約したこと、しかもグレイスもソマーヴィルを愛していたことがわかってしまったからだ。

ルクレツィアの父親がイギリス人で、母親がアメリカ人であることからもわかるように、一見したところ国家間の対立としてはイギリスが男性で、アメリカは女性という構図が見て取れる。しかし、テクストにおいてイギリスは繰り返し「母国（mother country）」と表され、ニューイングランド植民地との親子関係が強調されている。たとえば次の一節ではイギリスとアメリカが母子関係であること――しかもその母子関係がうまくいってないこと――がはっきりと示されている。

「アメリカの繁栄は母なる国イギリスの寛大な援助のおかげだ、とおっしゃるんですか？　とんでもない！　私たちにイギリス（her）から逃れたいと思わせる専制政治のおかげですよ。容赦ない嵐がどうしようもない子供（helpless infant）である私たちを元気づけてくれるからでしょうよ」（四四頁）

それでは子供である植民地側の性別はどうだったのだろうか。「ボストンももうすぐその子供たち（her children）の力と英知を必要とするときが来るだろう」（二〇四頁）という一文に端的に示されているように、明らかにボストン、転じてはアメリカという国の女性性が表されている。息子が父親を凌駕する戦争だともいえるアメリカ独立革命は、一般に父親と息子の対立と考えられることが多いかもしれない。しかしながらチャイルドの『反逆者』においては、その親子関係は悪化した母娘関係であると考えることができるだろう。この物語の舞台となっているアメリカは、つまり、母から離れたいが離れられないアメリカ、母であるイギリスの支配下のもとで翻弄されている娘アメリカとして描かれているのだ。ジュリア・クリステヴァにならうならば独立前の植民地は母親をおぞましきものとして棄却《アブジェクション》しきれていない娘を意味し、そしてこの状態は物語中、不在の「母親」に自分の主体を左右されてしまうヒロインであるルクレッツィアの存在を描くための格好の舞台装置となる。

2 「反逆者」を探せ

国家間のレベルでイギリスを母親、アメリカを娘とみなすとき、アメリカ独立革命は娘の母親に対する「反逆」として解釈できよう。それではこの物語の登場人物が引き起こす反逆はどのように表されているのだろうか。作品中「反逆者（the rebels）」という言葉が用いられているのは二箇所のみであり、そのどちらも男性を指し示す。しかしながら、男性の登場人物は悪事を企んだり出世欲といった野望をあらわにしてはいるものの、それは一度忠誠を誓ったものへの反逆とまで言い切れるようなものではない。

作者チャイルド本人はこのような読者の反応を予期したかのように、序文において、『反逆者』という題名が物語の内容に相応しくないと思う読者もいるかもしれない、と説明している。

私が書いていることは、歴史を読んだことがある人ならば馴染み深い政治状況を描きすぎている、と不満を持つ読者も多くいることでしょう。あるいは逆に、この本の内容が題名と照らし合わせていささかおとなしすぎる、という読者もいるかもしれません。（ii頁）

この序文からは、チャイルドは題名が物語の内容とそぐわないことを承知の上で、あえて『反逆者』という題名をつけたことがうかがえる。ということは一般に「反逆者」と聞いて思い浮かべるであろう、アメリカ独立革命を支えた男性たちとは違ったところに反逆者がいると考えることはできないだろうか。こう考えるとき女性であるヒロイン、ルクレツィアこそが真の「反逆者」として浮上する。そしてこの瞬間まさにアメリカ独立革命を母と娘の対立と捉えることの意味が、その重みを増してくるのである。

ヒロインであるルクレツィアを反逆者として位置づけることは、彼女がヒロインである限り意外なことではないかもしれない。しかしここでひとつの疑問がわきあがる。それは反逆者というからには反逆する対象が必要であるということだ。カーチャーが指摘しているように、もともとチャイルドは人種差別批判を描いているように見えながらも、じつは父権制的権威に対抗した小説を書いていることを考えれば（『ホボモク』序文、xx頁）、この作品も同様に父権制への抵抗だと考えることは十分に可能であるはずだ。実際に、前述したようにカーチャーは『共和国最初の女性』において、ルクレツィアの育ての親であるハチンソン総督に、チャイルドをボストン文壇に仲間入りさせた当時の文壇の大御所ジョージ・ティックナーの姿を読みとっていた（四〇―四一頁）。厳格すぎるカルヴィニストの父親とその父に反抗し、インディアンと結婚してしまう娘メアリとの確執を描いた『ホボモク』に加え、チャイルドが男性と同等の教育を受けることを父親に反対されたという伝記的事実を考慮すれば、たしかにこうした解釈には一見したところ、無理がない。

ところが『反逆者』のルクレツィアは、『ホボモク』のメアリほど「娘と父親の確執」を表してはいない。もちろん彼女の実の父親は亡くなっているが、父親的存在のハチンソンに対しても、ただひとつの例外をのぞいては抵抗を見せてはいない。その例外とはソマーヴィルが財産目当てで結婚を承諾したことを知ったルクレツィアが、式の最中に大声で叫び、結婚式の中止を求めたことである。

「やめてください！　私はソマーヴィル氏の妻になることはできません。彼は私の財産だけを目当てにしているのですから、言葉にできない軽蔑に値します。彼の愚かしさゆえに寛大な心は打ち砕かれてしまいました。ですから皆さんの前で彼を侮辱することは許していただけるでしょう。」（二四五頁）

考え直すよう促すハチンソンの再三の説得も聞き入れなかったルクレツィアは、とうとう勘当されてしまう。植民地時代から女性にとって一番重要な仕事であったはずの結婚を拒否することは（ラーナー　四三頁）、いわば父親の計画を覆すことでもあり、女性が見せる抵抗の最たる例といってもいいだろう。しかし読者は物語を読み進むにつれ、ルクレツィアに対して、より狡猾に仕組まれ、用意されたもうひとつの物語に気づくことになる。いま一度『反逆者』におけるイギリスとアメリカの関係が「父親と息子」ではなく、「母親と娘」の関係であったことを確認するならば、ルクレツィアが真に反逆すべきは、このもうひとつの「物語」にほかならないのだ。

3　おばあさまは魔女

イギリスを母親、アメリカをその娘とみなし、孤児ルクレツィアをハーシュが論じるような不在の母親を拒絶するヒロインと考えること自体はさほど難しいことではない。ところがチャイルドの母親に対する意識は錯綜している。アメリカを翻弄するイギリスを「母国（mother country）」とみなし母親が反逆の対象となる一方で、「子供をまもる母親のような手」（一八四頁）、あるいは「ホームシックにかかった子供が母親の微笑みを恋い慕う」（二〇三頁）などの表現では逆に母親は思慕の対象になっている。このような母親への相反する感情の合間をぬって現れるのが、前述したもうひとりの女性、ボストンの魔女モリー・ブラッドストリートである。

ちまたでは「魔女」と呼ばれるモリー・ブラッドストリートは、占星術や薬物を用いることで知られていた。男のようにがっしりとした体つきをし、手入れをしていない髪の毛は乱れ、ぞっとするような眼をしている。ルクレツィアは、しかし、折にふれ見かけるこの奇妙な老婆モリーの姿にどこか惹きつけられていた。ところがボストン虐殺事件の折に彼女はモリーから思いも寄らなかった衝撃的な事実を知らされる。暴動が起こったときに瀕死の重傷を負ったモリーは、ルクレツィアが実はフィッツハーバート家の子供ではないことを告白したのである。モリーの娘ガートルード、その夫ウィルソンとフィッツハーバート夫妻の間には親交があった。しかしウィルソンは次第に妻ガートルードとフィッツハーバート氏の間に情事があると思いこみ、思いあまってガートルードを刺してしまう。幼い乳飲み子を抱えて今にも死にそうな娘を見て、モリーはそっとその子供を連れ出し、フィッツハーバートの娘と自分の孫を入れ替えたことを明かす。

「私はおまえ（ルクレツィア）が生まれて六週間のときに、今にも死にそうな娘からおまえを取り上げて、フィッツハーバート夫人のところに行ったんだよ。この悲しみを優しい彼女に打ち明けたくてね。彼女も病気で熱があった。そして今はパーシバル夫人となっている彼女の赤ちゃんがゆりかごで眠っていたのさ。神よ、私のよこしまな行いを許したまえ！」（一七二頁）

娘の死後、モリーはとあるスコットランド人女性から黒魔術を習い、次第に「魔女」と呼ばれるようになっていく。そしてこれらすべてを孫娘に告白したモリーは、許しを乞いながらこの世を去っていった。

ここで「母親の物語」は「祖母の物語」へと微妙にずらされていく。ルクレツィアの幸せを願ってやまなかったゆえではあるものの、ともあれ子供を――母親である娘にさえ知らせずに――勝手にすり替えてしまったのだから、祖母が孫娘の運命をもて遊んだことには変わりなく、祖母の権力濫用は明らかだ。そして「孫娘の幸せ」を企んだ祖母の物語とは、ルクレツィアがイギリスの貴族フィッツハーバート家の娘として育つことにほかならない。そして実際この祖母の望みはあるところまでは順調に進むことが、ルクレツィアの成長の過程に見受けられる。

イギリスに渡る前のルクレツィアは"thoughtless"（一二四頁）や"careless"（一四五頁）という言葉で形容されるように、思慮深さに欠け呑気で、恋い慕うソマーヴィルに余計なことを言っては不興を買い、軽率な言葉で友人を傷つけてしまう人物として描かれている。ところが正式なフィッツハーバートの跡取りとしてイギリスに渡り、その後挙式のためにボストンに戻ってきたルクレツィアは「考え方にもものごしにもあまりに成長がみられたので、彼女がアメリカの孤児だったと思う人はほとんどいなかった」のである（一三〇頁）。ルクレツィアはこうして、法律的にも人格的にも貴族フィッツハーバート家の女相続人として申し分のない人物に成長する。そしてそれはまさに祖母モリーが望んでいたことが現実となろうとする瞬間だった。祖母の物語はこうしてつつがなく成就されるかのようにみえた。

しかしチャイルドは、ルクレツィアに反逆者たる運命を与えることによって、この祖母の物語を成就させることを拒絶する。その決定打となったのは実はソマーヴィルとの結婚の破棄ではなく、フィッツハーバート家の遺産を放棄することだった。自分がフィッツハーバート氏の娘でないことをモリー本人からうちあけられたルクレツィアは、本名であるガートルード・ウィルソンとして生きることを決心し、一切の権利を取り替えられたもうひとりのガートルード・ウィルソンに譲渡することを決心する。ルクレツィアはこうして祖母の物語を拒否し、それによって奪われていた自分のアイデンティティを取り戻すことになったのである。「母の物語」の拒絶から「祖母の物語」の否定へ。そしてもうひとつ見逃してはならないのが、その祖母が魔女であったことだ。なぜ祖母は魔女なのか。ここにこの物語のもうひとつ重要な点が読みとれるように思われる。

4　ボストンの三人の魔女

魔女モリー・ブラッドストリートが登場する『反逆者』は一七六五年から一七七〇年までのボストンが舞台となっている。それを遡ること約八〇年前、やはりボストンにひとりの魔女がいた。セイラムの魔女狩りの四年前、一六八八年十一月一六日に処刑されたボストンの魔女の名は、メアリ・グローヴァー。グッドウィン家の洗濯女だったメアリは、彼女が口汚く罵ったがためにグッドウィン家の娘マーサが悪霊に憑かれてしまったという疑いで魔女と断定され、処刑された。当時ボストンの神学的リーダーだったコットン・マザーは、メアリを「無知で悪い噂のたえない老女」と評している（カールセン三四頁に引用）。

メアリ・グローヴァーが魔女として糾弾された理由のひとつに、彼女がアイルランド系であり、すなわちカトリック教徒であったことがあげられている。厳しいピューリタン社会であった一七世紀の植民地において、カトリックは異教徒であり、捕囚体験記を見ても「カトリック的なもの」に対する恐怖があまりに大きなものだったことは想像に難くない（巽一二六頁）。人種的な偏見は、まちがいなく魔女狩りを加速させる一要因だった。さらに独立革命期以前からアメリカにいたアイルランド系の六割がスコッチ・アイリッシュであったということ（松本 七五頁）、またメアリの愛称がモリーであることを考えるとき、この偶然の一致はメアリ・グローヴァーという一七世紀のボストンの魔女と、モリー・ブラッドストリートという一八世紀のボストンの魔女との間に奇妙な関係を築きあげているように思われるのだ。

しかも、ふたりの魔女はどちらも「老女」と呼ばれる年老いた女だった。魔女と老女——一見なんの違和感もないかに思われるこの組み合わせは、果たしてそれほどまでに自然なものなのだろうか。魔女は必ず年老いているのか、あるいは老女はいつでも魔女なのだろうか。魔女狩りと年齢差別は密接な関係を持っていると考えるのは不自然なことではない。マリオン・スターキーは、一七世紀に起こったセイラムを含むニューイングランドの魔女狩りにおいて、一人前に扱ってもらえなかった未婚女性が魔女として告発したのは、年老いた既婚女性であったことを論じ、魔女狩りをひとつのエイジズムの現象であったと解釈している。これは魔女狩りに未婚女性という低年齢者に対する差別と、高年齢者に向けられる差別が存在していたことを物語っている点で興味深い指摘だ。

実際には魔女として告発された女性の年齢は多岐に渡っていた。カールセンによれば一六二〇年から一七二五年に魔女として告発された女性二〇四人のうち、四〇歳以上は全体の五八パーセントを占めるものの、六〇歳以上は全体のわわずか一八パーセントを占めているにすぎない。この数字は魔女と老女差別は関係ないとしているジョン・デモスの論を裏付けるものであるが、しかしカールセンはこれは魔女として「告発された」女性の数であり、実際には四〇歳以下の女性のほとんどは魔女として「断定された」老女の血縁者か近親者で、彼女たち自身が魔女と断定されることはほとんどいなかったことをつけ加えている。また実年齢はどうであれ、告発者たちは「老人」と「魔女」を切り離せないものとして発言していた。もちろん歴史学者ハワード・チュダコフが論じるように、「年齢意識」が人々の間に定着したのは、一九世紀に入って年齢階級を導入した教育制度が整えられてからのことであり(二一九頁)、植民地時代セイラムに、高年齢者を糾弾する意識がどれほどあったかはわからない。だが、カールセンが示しているのは「老人だから魔女」という生やさしい思い込みではなく、「魔女は老人であるはず」という植民地時代から続くひとつの伝統的なステレオタイプの源泉なのである。

ではなぜ魔女は老人でなければならないのか？　カールセンはその最大の理由を「ピューリタンの女性としての一番大切な役目を果たせなくなった」ことに看破する。そしてその果たすべき重要な役目とは、出産——子供を産むことだったのである(六四—六九頁)。子供を産まなくなった老女、あるいは子供を産まない女性は魔女になる。このとき一七世紀のメアリ・グローヴァー、一八世紀のモリー・ブラッドストリートに引き続き、われわれは一九世紀にもうひとりのボストンの魔女を見いだすことになろう。しかもその魔女は母親にならずして、巧みにも母親の役割を演じることに成功した。ではここで、その三人目のボストンの魔女、リディア・マリア・チャイルド本人にご登場願うことにしよう。彼女こそが、一九世紀において年齢意識をもっとも鋭敏に感じていた「魔女」にほかならないのである。

5　「お母さま」も魔女

チャイルドの他の長篇ロマンスも『反逆者』同様、ヒロインの結婚で幕を閉じることが多く、そのほとんどの場合において「子供をもうけて幸せに暮らした」という一文がつけられている。代表的な長篇ロマンスである『ホボモク』『フィロシア』『共和国ロマンス』ではどの作品においてもヒロインは母親となっている（『フィロシア』では、フィロシアは子を産まずに死ぬが、その後物語の中心となる友人ユードラが結婚し母親となる）。『反逆者』では、ソマーヴィルとの婚約破棄の後、ルクレツィアがグレイスの兄ヘンリー・オズボーンと幸せな結婚をして「何事も聡明に理解し、自分の愛情のすべてをもって彼女のすばらしい夫の幸せに尽くし」たこと、またヘンリーが「花嫁もいいものだが、それよりはるかに愛しいのは妻だ」（二八七頁）と言うほどの良妻になったことが記されている。しかしチャイルドの他のロマンスと決定的に違うのは、ルクレツィアが子供を持ったかどうかが一切記されていない点である。良き妻であるルクレツィアは母親にはならない。このヒロインの姿は、『反逆者』の出版から三年を経て結婚したチャイルド自身の姿と重なっていく。

『反逆者』の出版後、理想主義的で経済的にはまったく頼ることができなかった夫デイヴィッド・チャイルドと一八二八年に結婚したチャイルドは、結婚生活を支えるために様々な執筆活動を続けなければならなかった。そして彼女が大きな成功をおさめた本は、実は小説ではなく「倹約を恥ずべきことだと思わない方のために」なる副題を持つ家事全般に関するマニュアル本『倹約上手な奥さまに』(一八二八年)だったのである。二二版以上を重ねたこの本は、金銭、時間、そして物品においていかに無駄を省き効率的に暮らすかを扱っており、一九世紀のもっとも人気のある家庭マニュアル本のひとつになっている。『倹約上手な奥さまに』で「良き妻」であることを立証したともいえるチャイルドは、一八三一年には自分が「良き母」であることを知らしめるような育児書『お母さまの本』を出版する。子供が生まれてから結婚するまでの教育面を重視したこの指南書も、かなりの人気を博し版を重ねることになった。

かくして作家チャイルドは、妻そして母と、女性が求められる役割を生き生きと描き出す。ところが一方、家庭人チャイルドはといえば、ルクレツィア同様「良き妻」にはなるが、しかしその生涯を通じて文字通りの「母親」になったことは、一度もない。チャイルド自身は一八三一年六月二三日付けの義母に宛てた手紙で「できることなら母親になりたいと強く望んでいます」(『書簡集』一七頁)と語っている。にもかかわらず子供を持つことがなかった理由は批評家によって意見が分かれるところだが、どちらにせよチャイルドが生物学的な意味で母親になることはなかった。一生涯母親になることなく、娘であり続けたチャイルド。そう、チャイルド自身がじつはピューリタン的な意味で「重要な役目を果たさない女性」であり、魔女であったのだ。

「魔女」チャイルドが書いた『お母さまの本』は、その後一八三四年に出版された『女の子の本』とセットになって、チャイルドの幼児教育者としての側面を表すことになる。さらに、〈ジュヴナイル・ミセラニー〉などの児童雑誌を編集していることからも、一八二〇年代から三〇年代にかけてのチャイルドには、ことに若年層への関心を見て取ることができよう。ここで、前述のチュダコフによる年齢意識の問題と絡めて考えると、主に母親が子に及ぼす情操面での影響を配慮し、子を正しく導くのは母親の役目であると説く『お母さまの本』に年齢階層を意識した側面が表れていることがわかる。それが端的に示されているのが、「子供に読ませる本のリスト一覧」である。ここでは、「四歳から五歳向け」、「五歳から六歳向け」、といったようにかなり細かく分類された年齢別に読むべき本のリストが列挙されており、最後は「一四歳から一六歳向け」の本のリストで終わっている（九八―一〇九頁）。さらにチャイルドは、子供を導く母親の役割をこう記している。

女のお子さんの場合は特に、母親のあずかり知らぬ本を読ませてはいけません。一二歳から一六歳のお子さんに関してはなおさらです。なぜならこの時期は、子供たちの感情は激しいものですが、経験や観察に基づく分別というものがないからです。（九二頁）

「年齢意識と年齢による行動や慣行の段階づけは、一九世紀末から二〇世紀初頭にかけてアメリカ社会に起こった区分化の大きなうねりの一環である」というチュダコフの論は（五頁）、一九世紀半ばに見られるようになった時間や時計を意識した年齢にともなったスケジュール化（結婚適齢期など）が幼年期と老年期を意識させた結果であったことを解き明かす（四九―六四頁）。これに先立ち、チャイルドがすでに一八三〇年代の段階で幼児教育に伴う年齢意識を示していたことは注目に値するだろう。しかもそれが母親と子供の深い結びつきを示した『お母さまの本』に示されていることは、「母親」と呼ばれる人々が持つべき年齢意識を強化させる内容になっている。

エディス・ヴァレは「母親になるとは、母の娘の立場から子を産む力を行使する女の立場に移ることである」と述べているが（五二頁）、娘が母親になるということは、子供を産むことによって自分の中にいる「母親」をも産み出すことに他ならない。そしてその意味で母親を産み出さない娘は魔女になる。また子供を産み、「母親」を産んでも、出産能力を喪失し歳を重ねた老女もまた、魔女になる。後に自らが魔女となるチャイルドは、『反逆者』においてモリーという祖母とルクレツィアという娘が両者とも「魔女」となる物語を紡ぎ出し、老女と未婚女性、あるいは未出産女性に対するエイジズムをそこにしのばせる。

しかしチャイルドはそんな魔女たちにひとつの解決策を提示する。「母性」そのものが本質的な性質ではなく、ひとつの属性にすぎないことを提示した『お母さんの本』が、それである。前述のように、一見母親が持つべき年齢規範を強化するかにみえるこの本は、実はその規範の恣意性を明らかにしているのだ。たとえば、一八四四年に出した『お母さんの本』の新版の序文にははっきりと「私自身は子供はいませんが、子供たちへの強い愛情は確かだということだけはできます」と、自らが母親ではないことを述べている（カーチャー『共和国最初の女性』一三八頁に引用）。さらに一八六四年に出版された『夕陽を眺めながら』において、孤児を引き取った子供のいない女性が、いかに立派にその孤児たちを愛情豊かに育てたかを力説する（「結婚しない女性」一三三―三四頁）。ここでチャイルドは「母親でないものも母親になることができる」、つまり「魔女でも母親になれる」ことを繰り返し提示する。だからこそ『お母さまの本』において、母親ではないチャイルドが、母親となった人が持つべき年齢意識を強調し、子供への強い影響力を示唆しつつも、同時にそこに潜むエイジズムの非本質性を暴くことができるのだ。

母親にならない魔女という反逆者は、母親を逆に利用することによって、反逆者としての勝利をおさめる。二〇世紀末作家キャシー・アッカーの『わが母　悪魔学』には、女主人公が誰かに殺されそうになる夢をみる幻想的な場面がある。そこで自分を殺そうとしたのはきっと母親に違いないと女主人公が言い切ると、どこからか声がしてこう告げる。「そう――今おまえの中にいるのはおまえの母親だ」(二二六頁)。

この言葉がはからずも意味しているのは、娘の中にすでに母親が含まれているということに他ならない。祖母は母親を産み、母親は娘を産み、そしてさらに娘は母親を産み出す。あるいはこの連鎖の中で、娘は母親を必ずしも「おぞましきもの《アブジェクト》として棄却する」とは限らない。むしろ娘は「魔女でも母親になれる」という論理から「母親も魔女である」という論理への転換を経て、さらにおぞましき世界の奥へと母親を引きずり込んでいってしまうかもしれない。そしてルクレツィアもチャイルド自身も自らの中に母親を抱え、母性ならぬ魔女性を携え、子供の有無によって規定される属性や、年齢によって規定されるエイジズムの限界を立ち越えるべきロマンスを紡ぎ出す。

3◆美男再生譚

甦るジェンダー・パニック

1　ふたつの書評

ここにふたつの書評がある。ひとつめの書評は〈ノース・アメリカン・レビュー〉誌、一八三七年一月号に掲載されたもので、書評者C・C・フェルトンはチャイルドの新作ロマンス『フィロシア——あるロマンス』(一八三六年)を次のように評している。

チャイルド夫人は、文学界での成功にたいへんふさわしい知的な特色を持っている。すなわち、彼女には豊かで力強い想像力があり、また審美眼を備えている。(中略)この作品では、独特な美しさと力強さが表れている。音楽的で意義深い作品だ。(七九—八四頁)

古代ギリシャのアテネを舞台にしたこの歴史ロマンスは、概ね好意的に取り上げられ、チャイルドの想像力や美に対する鋭い感覚が高く評価されている。これに続く部分でフェルトンは同書が歴史的なディティールにこだわりすぎた感があること、またプロットの構成が粗いことにも苦言を呈してはいるものの、この作品の魅力を紹介するために、古代ギリシャの著名人らが集まり神学論を戦わせている饗宴の場面を、ほぼ六ページ分にわたり引用してみせている。

対してもうひとつの書評は〈サザン・リテラリー・メッセンジャー〉誌、一八三六年九月号に掲載された。この書評者も『フィロシア』は作家チャイルドに新たな境地をもたらしたと述べ、アメリカ人女性の手による誇るべき作品として賞賛を惜しまない。

われわれの目の前にある作品（『フィロシア』）は、これまでのチャイルドの作品のどれよりもきわだった特徴を持ち、この魅力的な作者にそなわったあらたな、そしてとても魅力的な側面を照らし出している。（中略）この本はわれわれの国にとって誇りであり、アメリカ人女性のめざましい活躍の結果である。（六五九—六二頁）

この書評者は引き続き、作品のさわりを読者に披露しているが、しかしそこで興味深いのは、フェルトンの挙げた場面とは全く違う部分をこの作品の読みどころとして紹介しているところであろう。この〈サザン・リテラリー・メッセンジャー〉誌の書評者は、ヒロインであるフィロシアの恋人・パラルスが病に倒れ意識が朦朧としている中で、エチオピア人の呪医の治療を受けている描写をそのままそっくり引用している。パラルスはこの治療の最中にいったん心臓が止まってしまうが、呪医が呪文をとなえると彼はなんと死の淵から生還するという展開を遂げる、という場面である。

このふたつの書評による作品紹介がこうも違うのは、書評者各人の興味の違いが反映された結果に過ぎないかもしれない。けれども、後者の書評者がアメリカ・ロマン主義文学を代表するあのエドガー・アラン・ポウであること、しかも彼がこの書評が書かれた時期をはさむ一八三五年から四一年にかけて、「モレラ」を始めとして「ベレニス」、「ライジーア」、「エレオノーラ」などのいわゆる美女再生譚を執筆していたことを考えあわせるならば、チャイルドの『フィロシア』をポウが一種の再生譚として読んでいたのではないかと考えることは不可能ではない。そして『フィロシア』

を再生譚として読み直すとき、単なる歴史ロマンスにとどまらない新たな意義を見いだすことができるように思われるのだ。

2　美男は二度生き返る

『ホボモク』でボストン文壇にデビューしたチャイルドは、その実力をボストン文壇の中心人物ジョージ・ティックナーに認められるという、何とも幸先の良いスタートを切った。彼の取り計らいにより、男性のみ入館を許可されていたボストン・アセーニアムの特別入館許可を貰うほど男性と同等の扱いを受けていたチャイルドは、しかし、その後一八三三年に出版した奴隷制反対を叫ぶ抗議文『アフリカ人と呼ばれるアメリカ人のための抗議文』があまりにも急進的なものだったため、周囲の激しい不興を買ってしまう。結果、主宰していた雑誌〈ジュヴナイル・ミセラニー〉が廃刊に追い込まれる羽目に陥ったばかりか、さらにはボストン・アセーニアムへの入館許可も取り消され、彼女がボストン文壇から追放されたことは先にも述べた。

ところが、その問題となった『抗議文』から三年を経て出版されたロマンス『フィロシア』は、前出の書評からもわかるとおり、古代ギリシャのアテネを中心に繰り広げられる歴史ロマンスとして、かなりの好評をえることになった。ペリクレスが統治するアテネに生きるフィロシアは、哲学者の祖父アナクサゴラスのもとで育てられ、身も心も美しい女性として登場する。彼女はペリクレスの息子パラルスと愛し合っているが、身分違いのため結婚を許されなかった。そのころアナクサゴラスが、ギリシャ人にとって神である太陽をただの燃えさかる星に過ぎないと主張し、自らは

「唯一の純粋な知性、唯一の普遍的な存在（one pure Intelligence, one Universal mind）」（四六頁）を信じると公言したためにアテネから追放されてしまう。祖父とともにアテネを去ったフィロシアが、アテネに流行病が蔓延し多くの人命が失われたこと、そしてフィロシアの恋人パラルスも病に冒され、もはや意識がない状態であることを知ったのは数年後のことだった。ただフィロシアの名をうわごとで繰り返すパラルスに見かねたペリクレスは、フィロシアをアテネに呼び戻すことを決意する。

だがフィロシアがアテネに戻ってもパラルスはいっこうに回復しなかった。パラルスに意識のないまま、ペリクレスはフィロシアとパラルスの結婚を執り行なうことにする。そのときのパラルスの様子は次のように描かれている。

> 病人であるパラルスは、見た目にも幸せそうだった。だが、自分がどんな行動を取っているかは全然わからないので、彼の父親であるペリクレスが、彼の手をあげてワインをついでやったりせねばならなかった。（一七四頁）

「病人」（invalid）であるパラルスを治療するため、ペリクレスはヒポクラテスからエチオピア人の呪医ティトヌスを紹介される。その呪医は身体から魂を引き離したり、また身体に戻したりする術を知っているという。ペリクレスとフィロシアはパラルスの身体と魂を結びつけてもらうべくオリンピアへと旅立ち、治療が始まることになった。

この治療の場面約三ページを、ポウはそのまま書評で引用している。その中でのクライマックスは、パラルスの魂がティトヌスの呪文によって身体から離脱してしまうところだ。

二度、そして三度とエチオピア人医師がパラルスに杖で触れ、何かをつぶやいた。パラルスの痛みを訴える表情は激しくなり、それを見ている者はみな胸の痛みを感じていた。とうとうパラルスの体がまっすぐになり、完全に硬直して動かなくなった。

ティトヌスは、パラルスのこの状態を見て周囲の人々が恐怖におののいているのを感じ、なだめるようにこう言った。「アテネの人々よ、おそれることはありません。魂が体から抜ける時は、どうしても体が悶えるものなのです。かならず魂は戻って来ます」(一九五頁)

ティトヌスの呪文により悶え苦しんだパラルスは魂が抜け、身体が凝固し全く動かなくなってしまう。ここでパラルスはいったん死を迎えることになるが、ティトヌスの「かならず魂は戻って来ます」という言葉にすがるように、フィロシアは「どうか生き返らせて下さい!」と懇願する。ティトヌスが再び呪文を呟くと、パラルスは生き返り、フィロシアと心ゆくまで歓びを分かち合った。

ところが物語はこれでは終わらない。折しも当地オリンピアではオリンピックが開催されていた。競技見物にパラルスを連れていきたいというペリクレスの言葉に不安を隠せないフィロシアは、しかし黙って夫の帰りを待つことにした。果して彼女の不安は的中する。「フィロシアは魂の抜けた夫(lifeless husband)の姿を見るよりも先に、ペリクレスの陰鬱な表情に悲しい知らせを読みとった。(中略)パラルスは長椅子に横たえられたが、彼が再び目覚めることはないだろうと思われた」(一九九頁)。このように、またも身体から魂が抜けてしまったパラルスは、もう目覚めることがないと思われたが、フィロシアがなんとか彼の心臓の音を聞き取ることができ、パラルスは再び再生することになる。とはいえこれだけ再生を繰り返すと、さすがに体力の消耗は激しく、まもなくパラルスは今度こそ本当の死の床につき、看病で疲れ切ったフィロシアも彼の後を追うように死んでいく。

かくしてロマンス『フィロシア』では、パラルスは二度死に、二度生き返り、三度目にフィロシアを巻き込むようにして死んでいくことになる。そしてその再生の場面が、まさに同時期に美女再生譚を主題にした作品を残しているポウによって賞賛されていることを考えるならば、このチャイルドの作品もまたこうした「再生譚」というサブジャンルに入る作品、すなわち美女再生譚ならぬ「美男再生譚」であると考えるのはあながち的外れではないだろう。

ポウが描いている美女再生譚は、死んでしまった美女が自らの娘として生き返る「モレラ」や、他の女性として甦る「ライジーア」、死んだと思われ死体安置所に置かれたはずのマデラインが死から生き返るや兄と屋敷とともに滅んでいく「アッシャー家の崩壊」など、様々なヴァリエーションがある。ポウの短篇集を編んだスチュアート・レヴァインはこれらの短篇群を「美女再生譚」に分類し、その他の作品として「エレオノーラ」と「楕円形の肖像」を加えている。こうした再生譚としてはすでに一八三二年の段階でヘンリー・ベルによる短篇「死せる娘」が発表されており、「再生譚」は当時から人気のサブジャンルとして確立されていたことがうかがわれる（マボット二二二―二二五頁）。

ジョアン・ダイアンは、ポウの美女再生譚は愛するものを所有したい欲望、ひいては巧みに隠された男性優位の意識が働いている幻想なのだと指摘し、美女再生譚の中にポウの性差別意識を看破している（「甘やかな束縛」二四二―四四頁）。それでは、ポウとは人種を除くとほとんど立場が逆になるはずのチャイルドが、つまり奴隷制廃止論者であるこの白人女性作家が、ポウとは逆に男性を再生させる「美男再生譚」を描くことには、どのような意味が読みとれるのだろうか。

3　オリエンタリズムと「円環」

死者が再び生き返る物語は、その時間経過が必ずしも伝統的なユダヤ・キリスト教の復活が象徴するような直線状ではなく、むしろ東洋的な輪廻転生が代表する円環状でありうることを示す。ここに一九世紀当時において、オーソドックスなキリスト教観を脱却しようとした超絶主義が背景にあること、またその超絶主義に結びついたオリエンタリズムを見ることは難しいことではない。デイヴィッド・レナルズは『小説における信仰』においてアメリカ小説に見られるオリエンタリズムを一八世紀啓蒙主義に遡って分析している。一八世紀末には宗教的な反抗の一手段として使われていたオリエンタリズムは一九世紀に入ると次第に小説に反映されることになった。その結果チャールズ・ブロックデン・ブラウンの文芸雑誌〈リテラリー・マガジン・アメリカン・レジスター〉誌でも議論されているように「探求よりも驚異に読者を導き、厳然たる事実よりも神秘的な原因の方にに問題解決を見いだす」想像力の源として利用されることとなった（レナルズ八一頁に引用）。

レナルズによれば一八世紀アメリカのオリエンタリズムは次の四つに大別できるという。第一に反カルヴァン主義であるリベラリズムを援護するために使われていたもの、第二に天使や幻視（ヴィジョン）を用いて死後の世界を描き救済を示すもの、第三にアレゴリカルな土地・人物を描くことによりモラルの選択を示すもの、そして最後は地上での幸福を求めようとする人々を描くものである。中でも注目すべきは第二の特徴である天使や幻視を用いるオリエンタリズムの系譜である。というのも、これはインクリース・マザーやジョナサン・エドワーズといったピューリタン牧師たちが否定してきた地上と天上を結びつける階段の存在を示すものであったからだ。かのベンジャミン・フランクリンも「アラビア物語」でこの手法を使っており、オリエンタルなものを使うことで天国を夢見る自由が人間にあることを知らしめるサブジャンルであったと言えよう（『小説における信仰』二一—二六頁）。また幻視に関しては、『フィロシア』においてもヒロインの友人がフィロシアの姿を幻視する場面があり、ここからもチャイルドへのオリエンタリズムの影響が見て取れる。

超絶主義者の中でも特に、「円環」に集約されるラルフ・ウォルドー・エマソンの東洋趣味は、ギリシャとの関連ではハーヴァード大学で教鞭をとっていたエドワード・エヴェレットからの影響下にあるものとして知られている。エマソンのオリエンタリズムはプラトンに学んだ「多様の中の統一」「一なるもの」を目指す思想、およびこれらを基にした詩「ブラーマ」に表れているが（市村 三三五—四〇頁）、他方チャイルドの『フィロシア』の場合は、オリエンタリズムを利用することによってオーソドックスなカルヴァン主義を批判する意味あいが込められていると、レナルズは指摘する。レナルズはフィロシアの祖父アナクサゴラスが「普遍的存在」の存在を主張したことは、チャイルドが自分自身のために新たな神を作り出そうとした意図があったのではないかと論じている（『小説における信仰』 五七—五九頁）。またフレデリック・カーペンターが『エマソンとアジア』において、一八三〇年代にはエマソンが中国思想やゾロアスター教、ネオプラトニズムなどに関する文献に興味を持っていたことを指摘していることをふまえると、一九世紀思潮にオリエンタリズムが少なからぬ役割を担っていたことがわかるだろう（四〇頁）。

このように一九世紀アメリカにおけるオリエンタリズムの流行をふまえて、チャイルドとエマソンの交友関係を再吟味するならば、チャイルドがヨーロッパ以外の場所に興味を覚えたのもごく自然なことのように思われる。そしてこのオリエンタリズムはチャイルドの想像力をはばたかせるための格好の装置として、『フィロシア』の中でその効果を遺憾なく発揮することになる。さらに付け加えるならば、歴史小説が多く書かれた一九世紀はまた同時に、小説による神話形成の時期でもあったことがロバート・リチャードソンによって指摘されていることも念頭に入れておく必要があるだろう。歴史と神話をあえて区別しないことによって、歴史を語りながら神話を形成していくエウヘメロス説の影響がエマソンを始めメルヴィルなどにも見られるが、ここでチャイルドが『フィロシア』において、同時代アメリカとはまったく異なる世界を描きつつも、そこに現実世界をまさに幻視していた可能性は否定できない。

『フィロシア』に関する先行研究は多くはないが、近年のチャイルド再評価に伴い、ブルース・ミルズやキャロリン・カーチャーらが発表した論考は興味深い。ミルズは、アテネ人以外を奴隷とする人種差別都市アテネを描くことで、チャイルドがアメリカの奴隷制を古代ギリシャに投影させたという前提に立つ。またカーチャーは、『フィロシア』が書かれた一八三六年前後はチャイルド自身が夫デイヴィッドとの結婚が失敗だったと思い始めた時期と重なっているため、作品中のフィロシアとパラルスとの結婚が死を以て終わるのは、作者自身の結婚生活を反映したものではないかという分析を施している。たとえばパラルスが病の床に伏せることに関して、デイヴィッドの性的不能を暗示しているかのようだ、との興味深い考察を与えている（一三三―三七頁）。両者ともにポウの書評にも触れてはいるが、奴隷制反対を唱えたチャイルドの作品を奴隷制擁護派のポウが絶賛したのは興味深いとコメントするにとどめている。

これらの批評も納得のいく解釈ではあるが、しかしなぜチャイルドがパラルスを二度も生き返らせたかには触れておらず、依然、解釈の余地は残るだろう。カーチャーはヒロインであるフィロシアに重点を置いているが、わたしは同時にこのか弱き男性パラルスの方にも注目したいと思う。パラルスの再生はいったい何を意味しているのだろうか。言い換えるなら、パラルスはなぜ二度も再生しなくてはならなかったのだろうか。

ポウの再生譚では再生するのは「美女」でなくてはいけなかった。なぜならそれは、南部的騎士道精神特有の「女性崇拝」と「女性虐待」を、同時に反映する記号だったからだ（巽 一五頁、キャッシュ 一一五―一二〇頁）。それでは、チャイルドの作品で再生する人物はどのような人物だったのか。言い換えるならば、再生を繰り返すパラルスなる人物は果たして「美男」であったのだろうか。

> パラルスは、女性的なところはまったくなく、競技場で行われる男らしいスポーツはなんでも器用にやってのけることで有名だった。しかし、その風貌の清楚さ、魂が透けてみえる独特の面差しは、たとえ女のなかにまぎれていたとしても、美しいと思われたであろう。（一七頁）

このようにパラルスは女々しいところは全くない、スポーツマンであるとの性格づけがなされているが、同時にその風貌は、女であっても美しいと思われるほどだったのである。それは死の床にあっても「彼の穏やかな魂は、イデアの世界でこの世のあらゆる美しいものがその影となっている崇高な原型《アーキタイプ》を思い描くことを、いまやなにものにも妨げられない」状態だったため、「どのような変化があっても、美はつねにパラルスとともに」あったという記述からもうかがい知ることができる（二四二頁）。

美男パラルスは、しかし、物語上は大した役割は与えられていない。ただフィロシアの恋人として登場し、結婚を反対されても何もせず、フィロシアが祖父とともにアテネを追放されるのをどうすることもできずに容認してしまう男。しかも自分が病に倒れ、意識が戻らないときにはフィロシアの世話になるばかりの何もしない男。こうしたパラルスの無力ぶりを考えるなら、経済的にはチャイルドに依存していた夫デイヴィッドとパラルスを重ね合わせるカーチャーの考察も、それなりの根拠があることがわかるだろう。もちろんカーチャーのようにフィロシアをチャイルド本人、パラルスを夫デイヴィッドと捉えるのは決して不自然なことではない。だがやはりそれだけの説明では、「何もしない美しいだけの男」パラルスを再生させる必要性は見えてはこない。

ここで、フィロシアとパラルスがあまりにも似た存在であることによって、ひとつの因果の糸で結ばれている点に着目してみよう。パラルスは前述のとおりひじょうに美しい男性として描かれているが、同様にフィロシアもまたヒロインに相応しく、誰が見ても美しい女性として描かれる。

フィロシアの振舞いは、彼女に望まれたとおりに素朴で自然なものであった。彼女は不満もなく、自分を招いてくれた女主人・アスパシアへの好奇心に対して怖じ気づくこともなかった。
一瞬、アスパシアは澄み切った聖なる美しさをもったフィロシアの存在の前に圧倒され、言葉を失

って立ちつくした。（二五頁）

普段ヴェイルをかぶっているフィロシアは、いったんヴェイルを取り去るやいなや神々しいまでの美しさで皆を圧倒してしまう。彼女は外見の美しさだけでなく魂の美しさを重んじ、同様にパラルスも「無垢が透けて見える」存在であることが記されている（一七頁）。また二人とも音楽を愛しアンサンブルを組んだりしているという描写からも、人柄においても趣味においても二人は類比可能な存在であることがわかる。

同じく再生譚を扱うポウの「ベレニス」では、語り手とベレニスはいとこ同士で同じ屋敷で育ってはいるものの、全く違うタイプとして描かれている（レヴァイン 七二頁）。ポウの描く美女は、以後のライジーアにしてもエレオノーラにしても、多くの場合語り手の理想像として強調される場合が多いが、対してチャイルドの『フィロシア』ではパラルスとフィロシアが相互の似姿として映し出される点が興味深い。

さらにいえばこの二人は深く愛し合っているのだから、それが結婚を導くのは一九世紀の感傷小説の形式に鑑みれば当然だろう。とはいうものの、先に引用したように、その結婚式はパラルスにほとんど意識がないまま執り行われるという、いわゆる「幸せな結末」からはほど遠いものだ。フィロシアとパラルスの二人が似通った人物であるということ、またなぜパラルスは意識のないまま結婚をするのか、つまりはなぜ意識がないままでなければ結婚できなかったのか、これらの問題を考え直すなら、この二人はカーチャーの論じるようなチャイルドとその夫の二人を表すのではなく、逆に一人の人物の内部の分裂を表すもの、一人の人物が持つジェンダー内部の矛盾として再定義できないだろうか。だからこそフィロシアとパラルスはその人格的な性質において類似していなくてはならず、一人の人物の内面にある「異なるものを統合する」という意味で、「結婚」という統一を図らねばならなかったのではないか——たとえそれが意識のない、無意識の状態であったとしても。

ではこの統一を図らねばならなかった背景には一体何がひそんでいるのだろうか。

4　チャイルドのジェンダー・パニック

作品内のフィロシアがチャイルドの女性性を、パラルスが男性性を表すものと仮定するとき、しかしながらひとつの疑問にぶつかることは避けられない。それは、パラルスが果たして「男性性」を表しうるかということだ。フィロシアは確かに一九世紀的な意味での理想的な女性像であろう。スーザン・ルビノウ・ゴースキーの言葉を借りるなら、「良い」女性とは、美徳をそなえ、従順で父親や夫に従う女性、世話好きな母親、あるいは結婚していない場合なら聖者のように敬虔で慈善事業に励む女性でなくてはならなかった（三頁）。またヴァーンとボニー・ブロウによれば、女性は当時、母親であろうとなかろうと何らかの形で「世話をする」ことによって尊敬を得ることが多かったという（一五六頁）。こうした文化的考察をふまえつつ、フィロシアの友人や祖父に対する世話、および意識のないまま結婚した夫への献身的な介護に注目するなら、フィロシアは一九世紀的な女性性を備えていたことがわかるだろう。

対して夫パラルスは、何もしない美しいだけの青年である。しかも彼は先に挙げた引用にもあるとおり、「病人（invalid）」と表されている。もちろんパラルスは病を患っているのだから、この"invalid"が「病人」の意味で使われるのは不自然なことではない。しかし、一九世紀が進むにつれて「か弱さ（invalid）」と「女性性」を結びつけた一種の神話、つまり女性はか弱く病気がちであるという「女性の病理礼賛《フィーメール・インヴァリディズム》」の神話特有の表現が、男性であるパラルスに対して使われているのを見てしまうと、パラルスが表象するはずの男性性の本質に疑問が生じてくるのも当然だろう。

しかし、今一度パラルスの美しさを表した引用へ立ち戻ってみよう。前半では女性的なところは少しもなく男らしくスポーツ万能であるという肉体的な強さが説明された後に、外見を説明した後半では、女性と比べても遜色はないほどの美しさであることを強調する。強く男らしい男性から、弱く女性の庇護を受ける男性へ。ここでフェミナイズされるパラルスは、あたかもオリエンタリズムによって東洋そのものがフェミナイズされる構図を反復しているかのように見える。カーチャーのように、このパラルスの変化を、夫デイヴィッド・チャイルドの似姿として理解することも可能だろう。しかし、パラルスが再生を繰り返す意義を考えるとき、彼の変化はむしろチャイルド内部の性差混乱を映し出しているように、わたしには思われるのだ。性差混乱状況は、内面のジェンダーと外面のそれが一致しないときにおこる。チャイルドの性差混乱を見るため、この時期における彼女が妻として、作家として、そして女性解放・奴隷解放論者としてどんな活動をしていたのかを振り返ってみよう。

一八二八年にハーヴァード大学を卒業しながらも、理想を追うばかりで数々の友人に借金をしていたデイヴィッドをチャイルドが夫として選んだのは、彼の奴隷解放という人種観に賛同したことに加え、経済力のない男性ならば自分の作家としてのキャリアを邪魔することはないと考えたからだったとカーチャーは推測する（八三頁）。チャイルドは自分のつつましい暮らしを素材にして、『倹約上手な奥様に』を一八二九年に出版し、続いて『お母さまの本』を出版したのは前章でも触れたとおりであり、これによりチャイルドはこうした家庭マニュアル本作家として名声をえることとなった。しかし、このように女性であることを前景化することによって一家の家計を支えるという男性的な役割をも担うチャイルドは、性的役割《ジェンダー・ロール》の上で次第に矛盾をきたしてきたのではないかと思われるのだ。

年代を追って関連するエピソードを追ってみたい。まずチャイルド夫妻は一八二九年頃から奴隷制解放運動家ウィリアム・ロイド・ギャリソンと知り合うようになる。夫デイヴィッドはギャリソンに共鳴し、またギャリソンはコラムでチャイルドをアメリカの女性の中で誰も凌駕できないほどの知性を持った人だと賞賛するが、チャイルドはギャリソンが「あまりにも度を超している」として警戒していたという（カーチャー 一七四頁）。だがギャリソンのチャイルドに対する評価は高く、のちに彼女を反奴隷制新聞〈アンタイ・スレイバリー・スタンダード〉紙の編集長、夫デイヴィッドを副編集長に据える。

チャイルドの夫デイヴィッドを凌ぐ活動は、皮肉にもチャイルドのこれまでの作家としてのキャリアを白紙に戻してしまうほどのインパクトを世間に与えた『アフリカ人と呼ばれるアメリカ人のための抗議文』に結実する。女性が政治的なことに参加するのは限られていた時代には、奴隷制問題への参入が女性と政治を結ぶ近道だったとはいえ（サーストン 三五頁）、案の定この本への反響はすさまじく、チャイルドはまず父親、兄らなど家族の反発にあい、ついで友人を失い、そしてボストン文壇作家という作家としてのキャリアを犠牲にすることになったことは、既に述べたとおりである。

だが、その代わりに「奴隷解放運動家」としてのステイタスを得たチャイルドは、当時は女性が入ることを許されていなかったボストン反奴隷制協会において、男性と同等の扱いを受けることになる。ボストン文壇作家という「名誉男性（honorary man）」（カーチャー二一四頁）の地位から反奴隷制運動家としての「名誉男性」へ。女性作家チャイルドはこうして、作家としての「男性性」から運動家としての「男性性」へと、男性的役割をますます複合化させていくのだ。

奴隷制解放運動家としてのチャイルドは、しかし、「名誉男性」の地位を得ながらも常に女性であることに意識的だった。このことは彼女がシャーロット・フェルプスに宛てた一八三四年二月二日付の手紙からも窺い知られる。というのも、ボストンに女性の反奴隷制協会を設立することに関して、チャイルドは驚くほど消極的な姿勢を見せているからだ。

よくよく考えてみますと、わたしの見方を述べることで、他の方のご意見に影響を与えてしまうことは、正しいことではないように思われます。女性だけの協会を結成することに関するわたしの意見は、最初にシプリー夫人とお話したときから変わってはいません。けれどもわたしが間違っていて、他の方々が正しいのかもしれません。このことに関しても、他のいろんなことに関してもそうでしょう。一人一人が自分が正しいことをしているのか、間違ったことをしているのか、適切なことをしているのかそうでないのか、自分の感覚に基づいて行動しなければいけません。もちろん第一に、自分勝手な心に導かれないよう気をつけながら。（中略）会費はよろこんでお支払いしますし、財政的な問題がなくなってきたら、寄付もするつもりでいます。しかし、わたしはどちらかというと、あまり組織

の管理面では関わりたくはないのです。(『書簡集』二八頁)

自分が間違っているかもしれないとしながらも、チャイルドは女性の反奴隷制協会を設立することに対しては、やはり意義を唱えるしかないと主張している。もちろん設立されれば会費も払うし寄付もしたいが、自分の希望としては「組織の管理面では関わり合いになりたくない」とまで語っている。

その後この協会は設立され、チャイルドも参加はしているが、女性として男性の領域である「政治」を侵犯したくない気持ちは強く、それは彼女の「ああ、わたしが男だったら人前で演説をするところなのに！　でも私は女性なので、部屋の隅に座って靴下を編むのです」という言葉に端的に表れているといえよう(カーチャーに引用　二二六頁)。家庭内部では性的役割《ジェンダー・ロール》が逆転しながらも女性を前景化した作家として活動を続け、一方政治的加担者としては「名誉男性」の立場にありながら、同時にいわゆる「一九世紀的な女性」の規範を犯したくないチャイルドの欲望がいつしか性差混乱を招き、そのパニックが一気に表出するのがロマンス『フィロシア』だったのではないか。

ただし、チャイルドにおける性差混乱の意義は必ずしも一義的ではない。N・B・ヘイルズはその両性具有論の中で、個人内部の異形の存在は、個人の不安を引き起こしつつも、より高次元での統合をも実現しうるというひとつのアンビヴァレンスについて論じている(九九―一〇〇頁)。もしもフィロシアの似姿としてのパラルスの存在が男性であると同時に女性性を保つ人物として描かれているとしたら、言い換えれば力を弱められながらもパラルスが男性であり続けるしかない人物として描かれているとしたら、彼はチャイルド内部の異形の存在、侵入を許された無力な他者であったと、考えることができる。無力な状態のパラルスは、フィロシアを脅かすことはない。しかしこの物語が要請するところでは、だからといって彼はそのまま死んでしまうわけにはいかない。たとえ「まったく意識がない」状態になり、「この世のものとは思われない言葉」（一八二頁）を呟くようになり、「か弱き存在（the invalid）」になってしまってもなお、何らかの形で男性として生き残っていなければ、「より高次元での統合」をえるべく自己の内部にある性差のあり方を模索することが叶わないからである。

パラルスが死にそうで死なないという再生譚を二度も繰り返さねばならなかったのは、弱められた男性性を表すだけではなく、弱められつつも作家内部の「名誉男性」の部分を残しておかなければならなかったためではあるまいか。だからこそこの異形の再生者が、チャイルドの持つ理想的な女性性の体現者であるフィロシアと無意識のうちに結婚するという物語展開を経て初めて、チャイルドは自分の中の性差混乱を融和させ、自身の主体を再形成することができるのだと思う。もちろんパラルスは死んでいく存在だが、この二度にわたる再生は、さらに再生が繰り返されることを読者に予期させるに充分である。フィロシアとパラルスの死後、友人であるユードラが祠の中で二人を幻視し、さらには後に生まれた自分の子供にフィロシアと名づけていることからも、フィロシアやパラルスがこの先も絶え間なく再生譚を繰り広げるであろう可能性を読みとることができる。

5 異形のロマンス

これまでチャイルド内部の性差混乱を背景として、ロマンス『フィロシア』内部の美男再生譚との関わりを論じてきた。こうした解釈は、一見あまりにも度を超したものと思われるかもしれない。しかしながら、もともとこのロマンスそのものがこのような解釈を許す余地を持っているとしたらどうなるだろうか。この作品の序文においてチャイルドは、はっきりと次のように述べている。

この作品は、まったくのロマンスです。ほとんどの方が自由奔放な想像力を展開したロマンスだとお思いになるでしょう。(中略) さあ、しばらくの間、実用を求める世界に別れを告げて、ロマンスの雲の上でただよいましょう。(vi-vii頁)

ホーソーンからリチャード・チェイスを経て連綿と続くロマンス論の系譜は、ロマンスがイマジネーションとリアリティの融合であること、ひいてはそのふたつの中間領域を広めるべくイマジネーションとリアリティがお互いに浸食しあうたぐいのジャンルであったことを強調してきた。そうした定義に照らせば、「いたって自由奔放な想像力を展開した作品 ([a] romance of the wildest kind)」だとチャイルドが言い切る『フィロシア』が、ひいては現実のチャイルド内部の性差混乱とある程度相互干渉を経て形成されたアメリカン・ロマンスそのものであることが、いっそう深く確信されるだろう。

かくしてチャイルドにおいては、家庭外部で要求される性的役割と、家庭内部での性的役割とが齟齬をきたす。しかも家庭外部で要求される性的役割に限っても、家庭マニュアル本を書く「女性作家」としての要請と、奴隷解放運動家という「名誉男性」としての要請はさらなる矛盾を引き起こす。そればかりか、家庭内部で要求される性的役割の中でもまた、家計を支えなければならない

「男性性」と女性の規範を犯したくない「女性性」が錯綜する。

ここで、フィロシアの祖父アナクサゴラスが追放されるきっかけとなった言葉「唯一の普遍的存在(one universal mind)」が意外な意味を帯びてくる。この言葉はエマソンが「一なるもの」を目指した超絶主義を想起させるのみならず、両性具有はもともとアダムとイブというふたつのジェンダーを分けるキリスト教思想と、「普遍的なる存在(universal one)」を目指す東洋思想が結びついたものであることをも思い出させてくれるだろう(ヘイルズ　九八頁)。オリエンタリズム内部に性差混乱を乗り越え、「高次元の統合」を目指すベクトルがすでに含まれているとするなら、そのオリエンタリズムをまさに照射するかたちでチャイルドの美男再生譚と性差混乱が複雑に絡み合う姿が浮き上がる。

物語内部の、そして物語の構造が持つ性差混乱、その物語を取り囲むかたちで存在するチャイルド自身の性差混乱。このように幾重にも折り重なる性差混乱こそは、『フィロシア』という美男再生譚アメリカン・ロマンスとしての異形を施した条件であることも、決して否定できない。チャイルドの性差混乱は、のちにニューヨークという混沌を極める都市空間で、さらに混乱状況を深めることとなる。異形を許容する空間でチャイルドが見つけたものは何だったのか。チャイルドのロマンスはさらにその範囲を拡大してゆく。

4◆バビロン・シスターズ　女性遊歩者のニューヨーク

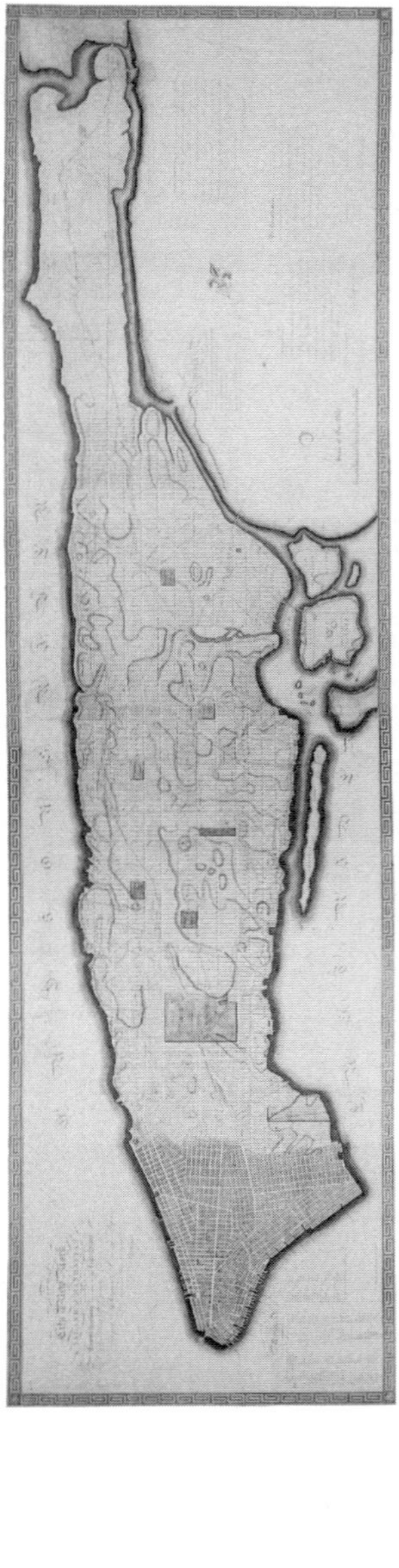

ニューヨーク、マンハッタン島の鳥瞰図。南北にのびる12本のアヴェニューと東西を走る155本のストリートが、島を均等なブロックに分けている。周りを水に囲まれた島の閉塞性は、監獄都市ニューヨークとしての姿を立ち上がらせる。

都市を歩くことは都市のテクストをたどることであり、遊歩者は都市にひそむ記憶の亡霊を呼び起こす。このミシェル・ド・セルトーの考察は、都市を歩く喜びを享受している現代の遊歩者はもちろん、急速に発展した一九世紀のアメリカの都市を歩く人々にもあてはまる。だが、一九世紀において、「街を歩く」というこの単純な行為を楽しむことができたのは、ほとんどが男性だった。スティーヴ・パイルは、とくに目的もなくぶらぶらと都市を歩き回る遊歩者《フラヌール》は、周囲をつぶさに観察しながらも、群衆や一般大衆に呑み込まれることを嫌い、都市との間に一定の距離を置く存在と定義しているが、この文脈におけるフラヌールは男性に限定されている（二二九頁）。

この時代に、都市を自由に闊歩できたのは男性が中心であったことは、街の通り《ストリート》が性差や階級の文脈において特権化された空間だったことを示し、そこは決して開かれた空間ではなかったことを物語る。労働者階級はもちろんのこと、女性もまた、街の通りを自由気ままに闊歩できる存在ではなかった。唯一の例外は、階級や性の規範を越えることができる売春婦であった（パイル 二三二頁、ノード 一一七頁）。ボードレールがいみじくも「観察者は未知の行く先を楽しむ王者《プリンス》である」と評したように、フラヌールはその階級制と男性性を顕在化させる存在であり、かつその舞台となる街の通りもまた、男性の空間であったのである。

ところが、通りにいるのは中産階級男性か売春婦かといった時代に、果敢に街に繰り出し、都市の様子を書き留めていった女性がいた。それが反奴隷制新聞〈アンタイ・スレイバリー・スタンダード〉紙の編集長のポストを与えられ、一八四一年に夫の暮らすマサチューセッツ州ノーザンプトンを離れ、単身ニューヨークへと出てきたリディア・マリア・チャイルドである。同紙に連載した「ニューヨークからの手紙」は、書簡形式のルポルタージュであり、チャイルドが見たニューヨークの姿が良くも悪くも赤裸々に語られている。連載の場を〈ボストン・コリアー〉紙に移したのちに、一八四三年に単行本『ニューヨークからの手紙』として出版されるや、四ヶ月で初版一五〇〇部を売り、さらにその後七年間で一〇刷を重ね、当時多くの読者を獲得した作品であった。

チャイルドがニューヨークに出てきた一八四〇年代は、ちょうどニューヨークが都市《メトロポリス》の名に値するほど飛躍的に成長を遂げた時代と重なる。一八三〇年には人口二〇万だったマンハッタン地区は、一八四〇年には三〇万人を越える人が住むようになり、一八五〇年までの一〇年間にさらに人口を二〇万人増加させている(ランケヴィッチ 一五九頁)。だが同時にこのニューヨークは、ヨーロッパからの移民の増加、それに伴う住宅事情の悪化、疫病の蔓延など、都市ならではの問題を抱えるようになったことも事実であり、都市の発展は賞賛できる側面ばかりではなかった。実際にチャイルドの『ニューヨークからの手紙』では、華やかな都市の表通りのみならず、目を背けたくなる裏通りなども描かれており、これは一読するところチャイルドの社会改革者としての側面を前景化しているようにも思われるところだ。けれどもこの作品が興味深いのは、彼女が都市の華やかな仮面を剥ぎ取ろうとする社会改革者としてニューヨークをとらえている部分ではなく、巨大化していった都市にどのような物語を読み込んでいったか、という点につきる。女性が自由に街の通りを歩くことが困難だった時代において、チャイルドこそは、ニューヨークを描くことで、都市に「いまもなおうごめいている亡霊《ファントム》」(セルトー 一〇五頁)と戯れた人物であったのである。

1　ニューヨークへの道

チャイルドがニューヨークに到着したのは一八四一年五月のことである。高名な奴隷制廃止論者ウィリアム・ギャリソンに、〈アンタイ・スレイバリー・スタンダード〉紙の編集長という地位を打診された当時のチャイルドは、夫デイヴィッドに従ってノーザンプトンで農場を営んでいた。チャイルド同様、奴隷制に反対するデイヴィッドは、南部奴隷制農場《プランテーション》で作られている砂糖の代替物としてビーツから取れる甘味料を研究していたが、その経営は決してはかばかしいものではなく、デイヴィッドの借金はいっこうに減る兆がなかった。加えて保守的なノーザンプトンの地にあって、チャイルドはかつての「文壇の有名人《リテラリー・セレブリティ》」とはうってかわった「単調な家事労働者」の立場に甘んじていた（カーチャー 二六五頁）。そこに舞い込んできたギャリソンの申し出は、年に千ドルを支払うというものであり、チャイルドはビーツ栽培から離れることができない夫をおいてニューヨークへと乗り込み、一八五〇年までをこの大都市で過ごすことになる。

チャイルドはおなじく奴隷制廃止論者であるアイザック・ホッパーの家に滞在し、〈スタンダード〉紙の編集の任をこなしていった。〈スタンダード〉紙は、もちろん紙名からしてもわかるように、奴隷制廃止の主張を打ち出した新聞だが、チャイルドは連載記事「ニューヨークからの手紙」に関してはより広い読者に読んでもらおうと考えていたようである。一八四三年の単行本化に際しては、わざわざ奴隷制廃止の主張が色濃く出ているエッセイの収録をとりやめたり、また結局は単行本に収められたが、死刑問題や女性の権利を取り扱ったエッセイについて、事前にその収録の是非をめぐって勘案したりしている。さらに、奴隷制廃止運動の派閥闘争に荷担したくないという考えから、反奴隷制の色合いを持たない出版社（〈デモクラティック・レビュー〉誌を出版している南部系の出版社を含む）を探すほどの配慮を見せている。結局この出版を引き受けてくれたのは、父方の遠縁にあたるチャールズ・フランシスらであったが、彼らの予想に反する売れ行きであったのは、前述の通りである。

奴隷制廃止というイデオロギーを掲げた新聞を編集しながらもできるだけ人々の心に届くような編集方針を掲げたチャイルドは、「奴隷制廃止思想」を押しつけることを嫌ったが、それと同じように、『ニューヨークからの手紙』もまた、一般読者を意識した読み物となっていることがわかる。その結果、いかに広い読者層を獲得したかについて、文芸評論家トマス・ウェントワース・ヒギンソンはその回想録でこう記している。

> 父親の弟子の一人が驚いたことには、ふたりの兄妹は当時よく読まれていたリディア・マリア・チャイルドの名前も耳にしたことがなかったのである。そこで弟子は『ニューヨークからの手紙』を持ってきて、正面玄関の脇に置かれた昔風の植木箱におい茂る灌木の中にそれを隠した。（二七三―七四頁）

この兄妹の姓はディキンスン、妹の名はエミリと聞けば、チャイルドの名がどこまで知られていたかがわかるだろう。マサチューセッツ州アマーストから生涯出ることはなく、ヒギンスンを「先生」と呼び、自らの詩の出版を相談したこともある白衣の女性詩人、エミリ・ディキンスンの元にまで、チャイルドの作品は届いていたようだ。チャイルド作品をディキンスンが読んでいたことは、アマーストに今も残るディキンスン家のマントルピースの上にチャイルドの『お母さまの本』が鎮座していることからも窺い知れよう。

もっとも、この作品を「チャイルドは自分を今までずっと疎外してきた文壇への『紹介状』にしようとしていた」と捉えるカーチャーは、チャイルドがここにきて急進的な社会改革の側面を出さなくなったとはいえ、改革への意志をまったく捨ててしまったわけではなく、自分の文学的想像力と政治意識の関係を反転させたことを論じている。つまりこれまでは政治的な問題を小説の中に滑り込ませることによって作品を作り上げてきたが、『ニューヨークからの手紙』では、人種、性、階級問題に合った文学形式を作り出す方向に、自らの政治への関心を方向づけたのであるという興味深い考察をおこなっているのである（二九六頁）。

チャイルドの改革者としての意識の有無は、奴隷制廃止論者であるチャイルドを考える上で不可欠な問題である。だが、ロマンス作家《ロマンサー》としてのチャイルドを捉える際に、『ニューヨークからの手紙』が興味深いのは、かえってそのような急進的な社会改革イデオロギーを抑え、チャイルドが彼女なりに感じたニューヨークという、当時爆発的に巨大化していった都市を描こうとした点だ。では、それまでボストンを中心とするニューイングランドで作家・奴隷制廃止運動家として活動してきたチャイルドの目には、ニューヨークという都市はどのように映ったのだろうか。

2　バビロン来訪

チャイルドは『ニューヨークからの手紙』の一八四一年八月一九日付の第一信で、読者にむかって次のように語りかけている。

あなたがこの巨大なバビロンについての私の意見を覚えておられるとしたら、この街について私が以前いかに罵倒していたか、そしていかにののしっていたかを嬉々として確認しようとされるかもしれませんね。たとえば私がののしるために使ったあの一連の語呂合わせ、「堂々」と「どろどろ」、「きれい」と「きたない」、「宝石」と「ほこり」、「金塊」と「金メッキ」などなどを。（一三頁）

ニューヨークを「巨大なバビロン」と呼び、この作品全体を通じて都会は好きではないという記述を繰り返すチャイルドは、ニューヨークに対して決して好意的ではない。チャイルドはさらにニューヨークに到着したばかりの日に目にした「妖精女王《フェアリー・クィーン》」号と壮麗な名をつけられた船に、豚の死骸が山と積まれていたこと、またブロードウェイでは貧富の差がはっきりと分かれており、盲目の黒人が奴隷承認の豪勢な邸宅の向かいに座って物乞いをしている様子などを立て続けにまくしたてる。「自分は物事のうわべだけを見る力をなくしてしまった」（一四頁）と語るチャイルドは、ニューヨークの華やかさと同時に裏に隠された汚れた部分を暴く。「ニューヨークに関する不愉快なことは、極力お見せしないようにするつもり」（一三頁）と語りながらも、チャイルドの観察眼はニューヨ

19世紀半ばのファイヴ・ポインツ地区。スラム街として有名だったこの地区には、小さな家がひしめいている。

ークの「実状」を赤裸々に語っている。

辛口の非難めいた書きっぷりの合間に、チャイルドならではのコミカルな描写も垣間見ることができる。「人間の巣（human hive）」であるこの大都会は、まさにあらゆる種類の人間が住む場所であったことを、チャイルドは多種多様な宗教信者を羅列することで読者に鮮明に印象づけている。

> こんな大きな都会で何が見られるかといえば、途方もないほどの種類の人々をおいて他にはありません。とくに見つけようと思わなくても、数日のうちにこんな場面に出くわすでしょう。カトリック信者が十字架の前で跪いており、イスラム教徒が東に向かって礼拝をしているとおもえば、約櫃の前にはヴェールをかぶったユダヤ人がおり、バプティスト信徒が水の中を歩き、クェーカー教徒はあらゆる高位聖職者や儀式を前にして自らのこうべを覆い、モルモン教徒は彼自身は見たこともない『黄金の書』からの引用を述べている、というような。（第十信、六八頁）

悪印象から始まったチャイルドのニューヨーク観は、この作品を通じてひとつのイメージを形成している。それは、ニューヨークという都市をまがいものの街として捉えることによって形成される、大いなる喜劇のイメージである。たびたび街で繰り広げられる光景は、まがいもので虚構の見世物として自分の目に映っていることを、チャイルドはことあるごとに示している。たとえば、当時売春宿が建ち並ぶことで有名だったファイヴ・ポインツ地区を訪れたあとに書かれた、一八四一年九月二日付けの第三信を読めば、チャイルドがその街の悲惨さを切に訴えていることがわかるだろう。「ホガースの『ジン横町』よりも悲惨なものをご覧になりたいのなら、暖かな日の午後に、ファイヴ・ポインツ地区に行かれるとよいでしょう。（中略）そこでは人間の惨めさや人間の堕落というものについて、ほとんどあらゆる姿を目にすることができるのです」（二六頁）。こう語るチャイルドは、ファイヴ・ポインツ地区の住民に同情を示しつつも、はからずも貧民の見世物が都会の中に存在していることを露呈してしまっている。同様に、チャイルドは都会の「人口の大部分は物言わぬ俳優です。彼らは無言劇《パントマイム》や野外劇《ページェント》を舞台で演じながら歩いてゆき、それを最後にかえりみられることはない」（第一〇信、六八頁）と評し、都会に暮らす人々は通りですれ違う演技者であり、かつ観客であることを物語る。

　こうしたチャイルドの率直な感想は、超絶主義者ラルフ・ウォルドー・エマソンの「透明な眼球」がまさに象徴するような、視覚の時代であったことを思い出させるものだ。一八世紀末に改良された天文学者ウィリアム・ハーシェルによる天体望遠鏡をはじめとして、一八一六年のフランスのジョセフ・ニセフォール・ニエプスによる写真技術の発明、野外スケッチによる風景画、さらには顕微鏡などが表すように（マシーセン 五二頁）、一九世紀という時代が五感の中でも特に視覚に焦点を当てた時代であることに鑑みれば、チャイルドがこうした視覚に訴える「見世物」に敏感に反応したのは、社会文化的背景からも納得がいくものだ。「物言わぬ俳優」があちこちを闊歩する喜劇都市ニューヨークでは、通常の理性や常識といったものは通用しない。なぜなら、そこは「まがいもの」であふれているからである。

劇場を通り過ぎたとき、私は演目のお知らせを目にしました。それは“Valley de Sham”という題の喜劇でした。出鱈目なフランス語の単文を目にしたとき、私の頭に列車のようにめまぐるしく考えが走り抜けました。私はこれを読んで、ひとりほくそ笑み、こう思ったのです。この喜劇こそが、ニューヨークではないのかしら、と。（第一三信、九〇頁）

チャイルドはニューヨークを出鱈目で「調和に欠け」、秩序がめったに見られない混沌たる世界として捉えている。それだけに、一見冷静に都市を観察しているかのようなチャイルド自身も、このバビロンの混沌から逃れることはできない。「ニューヨークの法律家は多数派と同じ意見を持っていることを狂気として定義しているけれども、それでいくと私は三月ウサギなみに狂っている」（第二信、一七―一八頁）と、チャイルドが自ら狂っていることを、比喩的にではあれほのめかすことができるのは、彼女がいた場所がまがいものや混沌や異形なるもの、理性が通用しないものを包み込む「喜劇都市」ニューヨークであったからにほかならない。だからこそチャイルドは、クラブ・カクタスと名のついた蟹のような形をした植物を見て「これは自然界のフリークス奇形だね」と言う友人の感想に対して、その植物は奇形なのではなく異なるものの共存を示すものであり、あっとおどろくようなことや荒唐無稽なこと、まったくもって風変わりなことは、神が支配するこの世のどこかにあるものだと、考えたのではなかったか（第二六信、一八〇―八一頁）。

このように、ニューヨーク全体が大いなる逸脱であると考えるチャイルドは、と同時に、ある種の閉塞感を感じていた。彼女は次第に、特殊な空間、つまり狂気をはじめとする混沌、異質なるものを収容する場所としてニューヨークを見るようになっていくのである。

3　監獄都市ニューヨーク

『ニューヨークからの手紙』を一読して気づくのは、監獄や独房といった比喩表現の多様さである。作品中にちりばめられた監獄のメタファーは枚挙にいとまがない。たとえば「監獄にとらわれて私は一人きりである」と見知らぬ土地に暮らす寂しさを訴えたかと思えば（第一四信、九四頁）、街に鳥の姿を見かけないことで、都市に投獄されているようだと不満を漏らす（第一三七頁）。あるいは「都市では金儲けの神マモンが私たちの思考や感情を幽閉する」と批判し、（第二〇信、一三七―三八頁）、都市を「巨大な独房」と呼ぶ（第三〇信、二一二頁）。また、街の出入りに使われる場所につけられた地名である「地獄の門（Hell-gate）」は「あながち的はずれではない」と、ニューヨーク都市部マンハッタン島が地獄のような世界であることを暗示している。ニューヨークすなわち「巨大な独房」というチャイルドのイメージは大井浩二氏がすでに指摘していることであるが（二三八頁）、このようにチャイルドが執拗に監獄のイメージを繰り返して用いているのは、ニューヨークの地理的性質とは無関係ではないはずだ。というのも、ニューヨークの都市計画そのものより、この都市の監獄的特徴が浮かび上がってくるからなのである。

オランダ人入植者によって17世紀に建設された防御柵

レム・コールハースは『錯乱のニューヨーク』において、まわりを川や海に囲まれたマンハッタン島のデザインは、一八〇七年に組織された委員会によって決定されたことをあきらかにしている。それは島全体を一二本の南北にのびるアヴェニューと、東西を走る一五五本のストリートに分けるという計画であった。これでマンハッタン島はつまり「二〇二八の均等なブロック」に分割されることになり、このブロックのひとつひとつがまさに独房となって立ち現れるのである（二〇頁）。もちろんこのブロックが正確に碁盤の目状になっていない部分というのも存在する。マンハッタン島南端部の区画が変則的なのは、マンハッタン島の最初の入植者であるオランダ人たちが、まだニューアムステルダムとこの地を呼び慣わしていたころの名残りである。この区画の変則性はオランダ人たちが一六五三年に総督ピーター・ストイヴエイサントの命によって建設した防御柵《ウォール》の存在をいまに伝えるものだ。その名が示すとおり、現在のウォールストリートに沿って二三四〇フィートにわたる防御柵が建設されたのは、まさに街を囲い込むためであった。マンハッタン島自体が水に囲い込まれ、その島の内部は格子《グリッド》やかつての壁の亡霊によって囲い込まれているのである。

ブラックウェルズ島にそびえる監獄。この島もまた、周りを水に囲まれた閉塞的な空間である。

では一九世紀当時、実際の監獄はどのような状態だったのか。監獄研究で知られるデイヴィッド・ロスマンによると、一八四〇年代当時のアメリカでは、ジェレミー・ベンサム流の隔離と労働、監督者への服従の必要性が取り入れられていたと言われており、当時ニューヨークを中心とした監獄では囚人同士の交流を絶つべく、囚人は独房に入れられるのが一般的であった。また、食事や監獄内で課された仕事のために囚人が一堂に会することがあっても、会話をはじめとした互いの接触を厳しく禁じる方針がとられていた（一〇五頁）。つまり、囚人は周りにどれだけ多くの人がいたとしても「物言わぬ《ミュート》」状態に置かれていなくてはならず、それはニューヨークの住人はすべて「物言わぬ《ミュート》俳優」であるとチャイルドが語っていたことと絶妙に対応する。

監獄や病院が建てられていた「もっとも切羽詰まって危険な人間を収容する」ブラックウェルズ島（現在のロールヴェルト島）を訪問した経験もあり（バーンズ 一六三頁）、実際に監獄を見ていたチャイルドが、ニューヨークを監獄になぞらえていることは、ニューヨークにいる限り施設としての監獄は、彼女にとってすでに意味をなしていないことを示す。つまり、チャイルドは監獄を日常の領域とは区別された、自分とは関係のない場所として捉えることはもはや不可能だったのである。なぜなら、都市そのものが巨大な監獄であり、住人はブロックごとに与えられた独房に済む囚人に他ならないからである。

制度としての監獄の内も外も、もはや変わりがない。皆が等しくそこでは囚人なのだから。
それでは自らを囚われ人と認識していたチャイルドはいったい、自分がなにゆえの「囚人」だと考えていたのか。ここにもうひとつ、都市にまつわるチャイルドの思考を見て取ることができる。都市の遊歩者である彼女は、たしかにある種の女性に共感を覚えていたに違いない。

刑務所に収容されている人の半分以上は女性でした。もちろん、その女性たちの大部分は、いわゆる街娼（street-walkers）として捕まっていたのです。彼女たちをそんな風にしてしまった男性たち、あるいは人間の心にある愛を荒廃させ、優しさを好色と犯罪に変えてしまった、そういった男たちはブロードウェイにある立派な家に住み、市庁舎の会議室に座って、自分たちが罪悪でいっぱいにした通りを一掃するための条例を可決させているのです。（第二九信、二〇二頁）

自らも街の通りを歩く女性として仕事をするチャイルドは、「投獄という、私たちが正義と呼んでいるものは、娼婦たちにしてみれば単なる偶然のことに過ぎない」と言い切り、街を歩く女性が監獄に入る必然性を否定する。自らは幸運だったがために、男性が罪をまき散らしていく街の大通りを歩くことができたに過ぎないチャイルドは、施設としての監獄を無効にし、代わりに売春婦と自分の双方をニューヨークという「巨大な監獄」に入れてしまえばよいことにしてしまうのである。チャイルドにとって最大の喜劇は、女性である自分が街の通りを闊歩することが可能となっている、この街特有の監獄性そのものではなかったか。クリスティ・ハミルトンにならうならば、それを「日常」として描くことによって、その風景が「当たり前のこと」であるという印象を作り上げ、その監獄性が日常性をおびた「厳然と実在するもの《ハード・ファクト》」であると提示することが可能になる。だからこそ、ニューヨークを監獄都市と捉えることで、チャイルドは自らが街を歩く正当性を獲得することができたともいえるのである。

4　女性遊歩者のまなざし

都市を歩き、街を見つめながら、街に関する様々なことがらを書きとめる。この遊歩《フラヌリー》と呼ばれる行為は、先にも述べたとおり、男性にのみ許された特権であった。キース・テスターによれば、遊歩者《フラヌール》は自分が見たあるがままの世界を受け入れつつ、その世界に秩序を見いだす詩人であり、そこに意味を見いだす人物であり、また遊歩者とはボードレールなどの男性詩人たちがそうであったように、都市との間にある程度距離を保つ冷静な観察者である（四―六頁）。遊歩者は都市をあくまでも冷ややかに見つめ、パリやロンドンに代表される都市の近代性を伝える役割を担う。

それゆえにアメリカの作家はしばしばロンドンを舞台にした遊歩者を描いた。その中でもエドガー・アラン・ポウが一八四〇年に発表した存在論的短篇小説「群衆の人」は、のちのヴァルター・ベンヤミンらの再評価とともに、広く親しまれている。ところが一八三〇年代後半から、チャイルドがニューヨークに滞在していた一八四〇年代を通じて、アメリカ人は次第にパリやロンドンに対抗心を持つようになり、ニューヨークを舞台にした作品を発表するようになっていく。N・P・ウィリスやジョージ・G・フォスターら男性遊歩者ジャーナリストたちによって書かれたニューヨークのスケッチは、パリやロンドンに優るとも劣らぬ新たな大都市としてニューヨークを描いていたが、ただしそれはニューヨークが大規模な都市に発展していくことを褒め称えることにより、世界に名だたる消費社会として、またあらゆる種類の人々の住む空間として、予型論的に発展するアメリカを示そうとしていたのである（ブランド 七七頁）。

ニューヨークの風俗を描き、人気を博した前掲フォースターの『ガス灯のニューヨーク』（一八五〇年）は、その題名が物語るように、ニューヨークの夜の姿——売春婦やギャンブルに興じる紳士たち、田舎から出てきたばかりの青年、連れ込み宿、酒場、ダンスホールなど、いわゆる都会の悪徳が、一種自然主義的な手法にも似た「あるがまま」を写し取ろうとする露悪的な語り口によって読者に提示されている。

> ガス灯のニューヨーク！　こいつを語るのはひと仕事だ。夜の分厚いヴェールの下に入り込んで、大都会の暗闇に潜む謎をありのままに見せる——お祭り騒ぎの売春行為、狂喜乱舞の貧困状態、神出鬼没の盗難や殺人、酒飲みとひどい放蕩者の醜態などなど。こうしたありとあらゆる悲しい現実が、ニューヨークの下層階級の生活、つまり地下の物語なのだ！（六九頁）

イギリスの同時代作家チャールズ・ディケンズの『ボズのスケッチ集』（一八三六—三七年）の悪徳版といったようなこの『ガス灯のニューヨーク』は、ニューヨークの夜の風俗マップである。読者は語り手が案内する売春宿や酒場に潜入し、市井の人がいかに夜を過ごしているかを目の当たりにし、売春婦に身をやつした娘たちの身の上話に耳を傾けることになる。デイヴィッド・レナルズが急進的民主主義に貫かれた「転覆的想像力の文学《サブヴァーシブ・リテラチャー》」と呼んだ文学形式にあてはまるこのルポルタージュは（『アメリカン・ルネッサンスの下に』二〇八頁）、アメリカン・ルネッサンスの最盛期において、都市の卑俗な現実を写し取った点でリアリズムの先駆ともいえる作品だ。だが、ルポルタージュに登場する名もない語り手である夜の遊歩者は、やはりテスターの定義にある「あるがままの世界を受け入れつつ、その世界に秩序を見いだす」人物である。こうした卑俗な夜の風俗が存在するのも、ニューヨークという都市の発展にとっては不可欠な要素であることを「あるがままに受け入れる」がゆえに、語り手はそこに秩序を見つけるよりもむしろ「こうした恐ろしい光景や陰鬱になるような考えは、眠って忘れてしまおう」（八三頁）と語ることで、発展していく都市の姿を肯定する。

いっぽうチャイルドは、同じく巨大化するニューヨークを描きながらも、男性遊歩者の視点からは、ずれている。華やかさと貧困・異質な者が併存する街を喜劇と呼び、島全体を監獄とみなし、都会への嫌悪を隠さなかったチャイルドが、都市のスケッチを通じて描いていたのは、予型論的に発展していく都市とその現状肯定でもなく、社会改革でもなく、むしろ都市にある混沌を積極的に助長する姿勢だったのではなかったかと思われるのである。

ニューヨークは虚構にあふれた閉塞的空間であると看破したチャイルドは、確かに遊歩者として街をあくまでも冷静に観察してはいた。それが証拠に、悲惨な光景を目にしても、彼女はそれを観察するにとどまっている。

　バッテリー公園の自然の手招きという喜ばしい力に心を開いていたので、私はこの世が天を映す鏡で

ニューヨークのスラム街で折り重なるようにして眠る少年たち

はないことを忘れていたのです。もっともそれは一瞬のことでした。というのも、落葉の終わった木立の下に、ぼろをまとった少年が二人、抱き合って眠っていたからです。私は涙を拭きながら、家路へと急ぎました。神が私にお与えになった、友のいる住処のある通りを曲がったとき、何かが私の行く道に横たわっていました。それは女の人でしたが、見た目には死んでいるように見えました。（第一四信、九八頁）

哀れな少年たちを見たチャイルドは、その光景を目にしただけで家路へと急ぐ。行く手に見える倒れた女性を見ても、とくに何をするわけでもないチャイルドは、その女性が他の人たちによって連れて行かれるところまでの様子を書き留め続ける。「ニューヨークに関する不愉快なことは極力お見せしないようにするつもり」と語りながら、そして「悲しい光景を見ずに街を歩けたらどんなによいか」と嘆きつつもチャイルドは、目にした都会の様子を描写しつづける。

こうすると一見冷静な遊歩者、冷ややかな観察者のようにも見えるチャイルドだが、しかし、この冷静さがとてつもない興奮に飲み込まれてしまう瞬間もまた、チャイルドは書き留めているのである。そこにこそ、チャイルドがこの都市をどのように作品に活かしたかを探る重要な鍵が隠されている。ニューヨークでは「私は三月ウサギなみに狂っている」と自らを語る「狂女」チャイルドは、自身の逸脱した理性をまた別の箇所で興奮とともに明らかにするが、ここで肝心なのは、その興奮がつねに、街で頻繁におこるある出来事によって引き起こされている点だ。一八四二年四月七日付の第一六信の冒頭は、「今にも危険すれすれといってもいいくらい間近に大火事をご覧になったことがありますか？　もしご覧になっていなかったとしたら、強烈な興奮や恐ろしいほどの美しさをひとつ見逃していることになります」（一一〇頁）といういささか興奮気味の口調で始まっている。ここからわかるようにチャイルドの火事好きは相当のものだ。「本物の火事の絶対的な美しさを見たかったのならば、真向かいに近いところで燃えている家を一緒に眺めるべきだったのに」（第一六信、一一四頁）と読者に向かって語りかけるチャイルドは、さらに火事で「家をまるまるなくしてしまった人たちに対してよりも、知り合いの小さな庭が壊されてしまったことに深く同情する」（一一一頁）と、火事で家をなくすことはたいしたことではないかのような態度さえ見せている。

まさに常軌を逸したかのような火事への執着はこれだけにはとどまらない。一八四二年一一月一九日付第三一信にて、チャイルドは死刑制度への反対意見を述べたあと、続けて監獄の火事の様子を喜々とした様子で語っている。

> その囚人が死刑に処された知らせを受けたと同時に、監獄が火事だということを聞いたのです。私は友人とともに、その美しい光景を見にゆきました。だってそれはあまりにも美しかったのですから。火は丸天井の一番上のところで燃えており、強風のため上へ向かって炎が立ち上ります。それはまるで、その下にいる怒れる魂たちが、燃える翼に乗って脱獄するかのようでした。（二三三頁）

19世紀のニューヨークでは火事が頻発し、結果として都市の再開発の一助となった。

チャイルドは火事のあまりの美しさからその想像力の翼を羽ばたかせ、「怒れる魂の脱獄劇」を描いてみせている。火事というイベントが想像力を刺激してやまないからこそ、チャイルドは「火事の後の現場は、まるで戦旗も馬もトランペットもすべて立ち去ったあとの戦場のようだ」（第一六信、一一四頁）と語り、そこに「あるはずのない土地の物語」を見いだしてしまう。

もちろん、火事はニューヨークでは決して珍しいことではない。それどころか、火事によって逆に都市の建て直しが図られ、都市の発展・開発が促進されていたのもまた、確かなことである（ランケヴィッチ 八二頁）。しかし、そのように都市建設に密接に結びついていたイベントだったからこそ、火事は都市の物語を紡ぐために必要な要素だったとも考えられはしないだろうか。火事は現在の姿を壊し過去の亡霊をそこによみがえらせるという混沌を含んでいる。そこはまさに「事態の収拾がつかない」空間であり（エルシュテイン 一七〇頁）、それと同時に、チャイルドにとっては女性の空間そのものなのだ。

こうした興奮に巻き込まれたときのチャイルドが、いかに冷静を装うとしても、そしていかにもっともらしい理由をつけて火事を楽しもうとも、彼女が火事に魅せられ、物語を紡いでいる姿が顕著に現れている。だがここで、火事によってとくに増長される混沌は普段のニューヨークにもあふれていることを思いだすならば、おのずからチャイルドによるニューヨークの描き方の特徴が見えてくることになる。そう、彼女はその土地から立ち上がる物語を紡ぐように歩いていることに気がつくだろう。マンハッタン島から少し離れたウィーホウケンを訪れたときは一八世紀に行われたアレキサンダー・ハミルトンとアーロン・バーの決闘に思いを馳せ（第四信、三二頁）、また夜のバッテリー公園では、インディアンが暮らしていた頃のその土地の様子を想像してみせる。「バッテリー公園を眺めるときにはいつも、白人が目にする前にはここはどんなにか美しかったことだろうと考えるのです。荘厳な高い木のある森が水際までせまり、静かな月光を浴びているときの様子を思うのです。すると一人のインディアンが暗い陰から現れて、夜の風の中にたたずんでいるのです」（第一八信、一二二頁）。この現実とも幻想ともつかないようなバッテリー公園でのチャイルドの夢想は、あたかも『ホボモク』においてメアリ・コナントが森の中で将来の自分の伴侶が誰かを占っているときに、木陰から現れるホボモクの描写を思わせる。「儀式が終わるとメアリは不安げにあたりを見回した。すると恐怖にかられて思わず叫んでしまったメアリの金切り声が響いたとき、メアリの描いた円の中央に若いインディアンが飛び出してきた」（一三頁）。そしてホボモクは月を見上げ、インディアンの言葉で祈りを唱えるのである。場所をニューヨークに移して想像されるインディアン像は、いにしえの土地の記憶であり、D・H・ロレンスが「地霊」と呼ぶものであったのではないだろうか。

「物事のうわべだけを見る力をなくしてしまった」チャイルドは、ニューヨークという雑多な都市を歩くことによって、その都市が内包する物語——都市の亡霊——の断片を拾い集めていた都市遊歩者だったのである。

チャイルドは多元都市ニューヨークを混沌や狂気を内包する空間だと捉え、そこに監獄的性格を見ることで、都会を歩く手段を獲得した。その上でチャイルドが女性遊歩者としてなしたことは、都市の物語を拾って歩くことだった。そもそもは混沌を包み込むニューヨークだからこそ、都市を歩くことができたチャイルドは、その土地からなんらかの秩序立った物語を造り出す必要はなく、むしろ都市の亡霊となった物語の断片を紡いでいく。この時代に男性の遊歩者を中心として、「なんでも好きなことをやってもよい」という自由を謳う、愛国主義的、進歩主義的な都会礼賛の作品が多く書かれたことはエイドリアン・シーゲルが指摘しているが、チャイルドはそのような都会礼賛を目指したのでもなく、また都市問題に関する社会改革的な作品を書くことを目的としたのでもなかった。

これまで『ニューヨークからの手紙』は、都市の改革すべき点をつぶさに観察したという、社会改革の側面から評価されてきた。確かに秩序を希求する側面を持つ社会改革者としてチャイルドを評価するならば、本作品中に女性の権利の問題や、監獄改革、さらには貧民・孤児の問題など、多くの社会問題が取り上げられていることは見逃すべきではない。だが、改革という一種の秩序を求める側面よりも、むしろ無秩序を増長させるようなチャイルドの語り口に注目するなら、ニューヨークという都市が混沌の中からロマンスを生み出す都市であるという、彼女ならではの認識を透視することができる。

チャイルドは一八四三年三月一七日付の第三八信で、都会で人間の温かさを目にしたという話は信用されないかもしれないが、私は話を拵えているわけではない、と語っている。彼女は確かに

「見た」ものをそのまま書き留めていると考えていたのかもしれない。だが、実際に彼女が「見た」ものとは、現実でありながらも、その現実の奥に透けて見える地霊の物語ではなかったか。チャイルドが都市の亡霊を拾って歩くのは、ニューヨークという都市そのものに、現実と想像力の中間地帯であるロマンスが内在する可能性を知っていたからにほかならない。チャイルドはまさに都市を歩き、都市のテクストをたどって歩くことに成功した。『ニューヨークからの手紙』で彼女はニューヨーク・ロマンスと呼ぶべき土地の物語を語ることにより、都市そのものに積極的に関わっていく。フォスターら男性遊歩者が直線的時間観を彷彿とさせるピューリタン的予型論を語るための手段としてニューヨークを描写していったのに対し、チャイルドは空間がもつ物語を拾い歩き、書き留めることで、物語を内包する空間こそが都市になりうるという、都市の本質を見据えた女性の都市文学者となりえたのである。

5◆ハイブリッド・ロマンス

チャイルド、トウェイン、チェイス＝リボウの異種の起原

南北戦争前のアメリカ。一人の混血奴女性隷が目の前に眠る二人の乳児を目の前にして、逡巡している。「白人と変わらぬ肌の色をしているわが子が、奴隷として売られてしまうかもしれない。とてもそんなことには我慢できない」。意を決した母親はそっとその「黒人」である赤子と、白人の子供とを自らの手で入れ替える。かくして黒人の子は白人として、白人の子は奴隷として自らを認識していく・・・。

『ハックルベリー・フィンの冒険』（一八八四年）をはじめとした数多くの小説作品や紀行文、エッセイなどで、アメリカ文学においてひときわ高い人気を誇るマーク・トウェイン（一八三五―一九一〇年）を知る人ならば、この物語に出てくる母親はロクサーヌ、黒人の子供はチェンバーズ、白人の子供はトム・ドリスコルであり、その作品名は『まぬけのウィルソン』（一八九四年）であると考えるに違いない。雑誌連載を経て一八九四年に出版されたこの作品には、奴隷制および人種、法律、科学といった様々なテーマが含まれているため、歴史的なコンテクストでの読み直しが様々なかたちでなされるようになってきていることは、スーザン・ギルマンが編集した論文集『マーク・トウェインの「まぬけのウィルソン」――人種・葛藤・文化』にも明らかである。

南部ドーソンズランディングという町を舞台にした『まぬけのウィルソン』は、人の指紋を集める趣味のあったウィルソンが、赤子のときに採取したチェンバーズとトムの指紋を使って殺人事件を解決したのみならず、この二人の人種が取り替えられていたことを「科学的に」証明する、という物語である。この小説は、各人に固有のものであるはずの指紋の発見により、自己証明が可能となると同時に、黒人による白人としての人種異装《パッシング・フォー・ホワイト》が見破られる可能性を示唆することになる。

　一方『まぬけのウィルソン』出版からちょうど一〇〇年後の一九九四年に、バーバラ・チェイス＝リボウ（一八三九年―）がこの作品を黒人女性の視点から読み換え、ジェファソン大統領と黒人混血女性奴隷サリー・ヘミングスの間に生まれた娘を主人公にした『大統領の娘』を出版したことも記憶に新しい。第三代アメリカ大統領と彼の所有する黒人奴隷サリー・ヘミングスとの恋愛関係を描いた『サリー・ヘミングス』をすでに一九七九年に発表していたチェイス＝リボウは、それから一三年後に今度はジェファソンとヘミングスの間に生まれた子供のひとりであるハリエットを主人公に据え、トウェインが『まぬけのウィルソン』で描いた指紋調査によるアイデンティティ証明と、それによって難度が増した人種異装にさらなるひねりを加えた物語を生み出した。

　白人男性作家であるトウェインと、黒人女性作家チェイス＝リボウ。人種的にも性差的にも全く両極にいるこの二人の作家の関係は、その差異のみによって成り立っているかのように見える。しかし、トウェインに先立つこと二七年、一八六七年の段階ですでにあるひとりの白人女性作家が、ロクサーヌと同じ行為をした混血奴隷女性の物語を書いていたとしたら、この三人の関係は単に差異だけの問題ではなくなり、人種と性差が微妙にずらされていく構図が浮かび上がる。そう、冒頭に紹介した物語は『まぬけのウィルソン』ではなく、もうひとりの白人作家リディア・マリア・チャイルドの作品『共和国ロマンス』のプロットであったともいえるのだ。

　一九世紀のチャイルドからトウェインを経て、二〇世紀のチェイス＝リボウまで。共通して異種混淆を描いたこの三人の作家は、文化多元主義批評が隆盛をきわめるいまだからこそ、アメリカ文学におけるロマンスの本質を問いかけてやまない。

1　チャイルド、または異装のエスニシティ

異種混淆は、アメリカ文学史では長らく不快を象徴するものだった。しかし、リディア・マリア・チャイルドがまさにそうした周縁的主題の核心に迫り、その人生のほとんどを黒人解放運動についやしてきたことで知られていたことは、すでに述べてきたとおりである。奴隷解放運動に荷担したことによって、一八三〇年代には作家としての名声を失ったこともあった。しかしチャイルドはその後も、黒人解放運動に積極的に関わりながら、アメリカン・インディアンおよび黒人と白人の異種混淆を描いた「セント・アンソニー滝の伝説」(一八四六年)、「クアドルーン」(一八四六年)、『共和国のロマンス』などを発表し続けた。

言い換えるならば、彼女はその生涯において、異種混淆にこだわり続けた作家だったのである。そして、白人中心主義だったアメリカ文学史では、チャイルドは、まさにこの主張ゆえに見落とされてきたのではなかったか。八木敏雄氏の言葉を借りれば、アメリカに共同幻想としてある「暗い血の恐怖」がすなわち雑婚への恐怖となり(八五頁)、一九世紀のみならず今世紀へもつらなる反異種混淆神話という主体混淆への恐怖を形成してきたという歴史がある。一九八〇年代半ばに、メルヴィル研究家として知られていたキャロリン・カーチャーによって「発掘」されたチャイルドは、この文化多元主義という批評装置が出てきた現在だからこそ再評価が可能となった作家のひとりなのである。

南北戦争後に書かれたチャイルドの『共和国ロマンス』は、奴隷体験記の形式を踏襲している。白人として何不自由なく育ったローザとフローラは、父親の死に際し、すでに亡くなっていた自分たちの母親に黒人の血が混じっていたことを知らされる。父親の借金返済のため奴隷商人に追われることになった二人に、事情を知った白人男性フィッツジェラルドが助けを申し入れた。彼はローザと結婚し、妹とともに別荘にかくまってくれるという。ローザがフィッツジェラルドとの間に子供をもうけ、幸せな生活を営もうとしたその矢先に、実はフィッツジェラルドはローザのほかに白人女性と正式に結婚しており、その女性との間にも子供をもうけていたということが発覚する。南部の法律では有色人種と白人との間に結婚は成り立たず、フィッジェラルドはローザを奴隷として購入しただけだったのだ。そしてその後ローザがとった行動は、冒頭に紹介したとおり、『まぬけのウィルソン』におけるロクサーヌのそれと酷似している。

ローザによって取り替えられた子供は奴隷制擁護派の「白人奴隷主」ジェラルドと「白い黒人奴隷」ジョージとして育つことになる。白人としての教育を受け、奴隷制を推進する家父長的な祖父をもつジェラルドは、自分に黒人の血が入っていることを知らずに白人を演じてきた。しかも自分の出自を知らされ人種差別反対派になったのちも、なお白人として生き、あくまで白人として南北戦争で戦う。一方ジョージは逃亡奴隷となり、奴隷商人に追われる身となる。そのころローザは白人男性キング氏と再婚し、ボストン上流階級白人としての役割を演じていた。かつて自分が取り替えた子供がジョージであることがわかったローザは、彼に援助を申し入れるが、彼の本当の出自を伏せることにした。その理由はキング氏によって次のように説明されている。

「とつぜんそれまで持ったことのないような財産をあたえるのはよくないと思う。彼は奴隷として育ったのだから、危険も増すだろう。彼が南北戦争から戻ってきたら、丁度よい給料の仕事を彼に与えてやろう。（中略）そしてまじめに仕事をし、態度もよければ昇給するということを約束すればいい。」（四一四頁、傍点引用者）

ここでは血脈によって規定される人種は意味をもたない。「奴隷として育った」者は誰でも、白人によって指導されるべき存在であるという属性が示されている。そしてジョージはこの後も黒人として演じきること――いわば民族異装《パッシング》を余儀なくされる。

逆に、ローザとフローラは黒人の血も入っていることも判明するにもかかわらず、結局この二人の混血児は最後まで白人社会において、白人として生きることを選ぶ。そしてこれら登場人物の奇妙な人生は、「この国で一番劇的な物語は、奴隷制から生まれる。まさに小説よりも奇なりじゃないか」（一五七頁）というローザの夫の言葉によって説明される。ハイブリッドを生む奴隷制をロマンスで語る、これこそがもっとも劇的なハイブリッド・ロマンスともいえよう。

もうひとつ興味深い例をあげてみよう。序章でも取り上げた「メアリ・フレンチとスーザン・イーストン」（一八三四年）という短篇は、やはり人種というボーダーラインを超える話である。白人のメアリはまだ乳児の頃に誘拐され、肌を黒く染められて黒人奴隷として売買される。黒人の少女スーザンとともに謎の行商人に誘拐され、その後プランテーションでつらい奴隷生活を送っていたメアリは、耐えかねて涙を流したときに肌に塗られていた塗料が落ち、自分が白人であったことを知る。こうしてメアリは奴隷の生活から解放されることになるが、黒人であるスーザンは奴隷の生活から解放されることはなかった。この物語でメアリは白人でありながら——のちに助かるとはいえ——黒人としての生活を余儀なくされる。

この短篇では、白人少女は強制的に黒人にさせられてしまうが、白人がみずから黒人になりすますという伝統が、アメリカのショウ・ビジネスの世界にはあった。そしてその伝統は二〇世紀にまで続くことになる。

2 トウェイン、またはミンストレル・アメリカ

白人が黒く肌を塗る——こうした物語学的展開の背後に、一九世紀に大きな人気を誇ったミンストレル・ショウの文化史がひそんでいるのは疑いえない。ミンストレル・ショウは一八三〇年代に労働者階級の白人たちが黒人奴隷の格好をし、彼らの音楽や踊りを真似たことに始まるといわれる、一種の寄席演芸である。一八四三年にヴァージニア・ミンストレルズという劇団が「エチオピアン・コンサート」と名付けたショウを上演して以来、ミンストレル・ショウはアメリカ人の娯楽としての地位を確立する。一八七〇年代前後からそれまで素朴だったミンストレル・ショウは次第にフル・オーケストラをつけた大がかりなショウへと発展していく。しかし舞台の上には黒人の姿はなく、いるのは黒人に扮した白人俳優たちだった。田舎臭い衣装を身にまとった白人は肌を黒く塗り、黒人たちをからかうような歌や踊りを披露した。

エリック・ロットによれば、ミンストレル・ショウで黒人に扮する白人は「人種的他者に好意を示すということだけでなく、彼らが持っているとされる特殊な能力や属性を自分のものとして取り

込もうとした」のであり、すなわち黒人は白人の一部に取り込まれていく存在にほかならなかった（四七七頁）。アン・ダグラスは一八六〇年代以降、黒人によるミンストレル・ショウが出てきてもなお、黒人たちは白人ミンストレルによって作られた黒人のイメージを払拭しようとはしなかったと語る。逆に黒人たちが白人が真似た黒人を真似る、という幾重にも重なった異装が出現することになり、ミンストレル・ショウにおける人種模様はますます複雑な様相を呈す（七七頁）。

ミンストレル・ショウにおける黒人――これは偽りの「黒人」でしかない。しかし、このことは逆に言えば黒人という人種をカテゴライズし、「黒人」を表象する属性を獲得することさえできれば、白人が黒人になることができる可能性を示す。このとき、人種はほとんど舞台における「配役」と同じ意味をおびる。そして、この「配役としての人種」をチャイルド以上に鮮明に映し出しているのが、ほかならぬマーク・トウェインの『まぬけのウィルソン』なのである。ユーモア小説、科学探偵小説などの側面を合わせ持つこの作品も、ハイブリッド・ロマンスとして読むことが可能だ。なぜならアドリエンヌ・ボンドらが指摘するように、『まぬけのウィルソン』でトウェインは「悲劇的な混血児」という、感傷小説がお得意とした設定を用いつつ、それを運命論的な人間観へと読み換えているからである。そうすることによって、トウェインはチャイルドが暗示した人種の虚構性をより前景化していく。

白人と変わらぬ肌をした奴隷女性ロクサーヌは、白人主人の息子トムと自分の息子チェンバーズを一緒に育てているが、ふたりの子供たちはロクサーヌ以外の者には見分けがつかないほど酷似している。あるときロクサーヌは川下（深南部）に売ってしまうぞ、と主人に脅かされている奴隷を見て、いいようもない不安におそわれる。自分の息子であるチェンバーズが売られてしまったら、母と子は離ればなれになってしまう。悩んだあげくロクサーヌはゆりかごに寝ているチェンバーズとトムとをこっそりと入れ替え、自分の息子を白人として育てることにする。つまりロクサーヌは、奴隷であるチェンバーズと、白人主人の息子であるトムをすり替えてしまうのだが、はたしてその結果どうなったのか。

トムはあらゆるかわいがられ方をしたが、チェンバーズは全くそんなことはなかった。トムはおいしいものばかりをもらい、チェンバーズは、砂糖抜きのクラバーを与えられた。その結果、トムは病弱な子供だったが、チェンバーズはそうではなかった。トムは、ロクシーの言い方をすれば、「気むずかしく」、しかも高圧的だった。チェンバーズは意気地がなくて従順だった。(一八―一九頁)

人はある人種に生まれない。人種を形成するのは、生まれ(nature)ではなく育ち(nurture)であって、ある人種の属性をまね、訓練し、実践することによって、白人なり黒人なりに「なって」いくものにほかならない。これはミンストレル・ショウにおいて白人が黒人の役割を演じるのと同じことである。トムもチェンバーズも無意識のうちに、それぞれに与えられた役割を演じているに過ぎない。そもそも肌の色では区別することができないトムとチェンバーズは、その行動によって人種の差異を出すしかないのだ。ロクサーヌがチェンバーズに向かって言った「この黒んぼのインチキ野郎め(imitation nigger)」とは、人種を演じることによってしか人種を表象しえないという視点を打ち出すものである。エリック・J・サンドキストも言うように、一九世紀末のアメリカにおける「インチキの黒んぼ(imitation nigger)」の背景には、アメリカにおける人種問題がつねに黒人という人種カテゴリーをまね、訓練し、実践することである、という構図が秘められている（「マーク・トウェインとホーマー・プレッシー」一一五頁）。

むろん法律的にいうならば、混血人種は存在しない。一九世紀において存在を許されているのは、白人かそれ以外であって、その中間というのはありえなかったからだ（ベントレー五〇四頁）。するとローザやフローラ、ロクサーヌたちのような白い黒人、あるいはムラータ（二分の一黒人）、クアドルーン（四分の一黒人）、オクトルーン（八分の一黒人）と呼ばれる人々は、すでに彼らの存在自体が法律に照らし合わせてみれば虚構であり、ありえない想像上の人種だということがわかるだろう。いるはずのない人種と定められたハイブリッドな人間は、だからトウェインが示すように、いるはずである人種（白人／それ以外）がもつ属性を獲得することによってしか自分の人種を規定できない。しかも、そのいるはずとされた人種でさえ、「アメリカ憲法や社会規範が作り出した」虚構でしかない。（サンドキスト『民族覚醒』二二九頁）。

テクストに戻れば、トムとチェンバーズを見分けることのできるのはロクサーヌ以外には誰もいなかったという点が重要である。

「ロクシー、この子たち、服を着ていないときはどうやって見分けるの？」

ロクシーは笑った。彼女の背格好だけのことはある笑い方だ。

「ああ、あたいは見分けられますだ、ウィルソンさま。けど、パーシー主人様は、どうしたって見分けられますめえ」（九頁）

しかし育つにつれ、トムは白人のカテゴリーに、チェンバーズは黒人のカテゴリーにあうように属性を獲得してゆく。使用言語、行為、態度と、全てにおいてトムとチェンバーズは対象をなす。

「チェンバーズ、あいつらをぶちのめせ！ やつらをたたきのめせ！ なぜお前はポケットに手を突っ込んでいるんだ？」

チェンバーズがいさめて言った。「トムおぼっちゃま、でもあの人たちでは人数が多すぎますだあ――あれ――」（二二頁）

トムはつねに命令する側であり、チェンバーズは白人に従うしかない黒人となる。トムがロクサーヌに「彼女の立場」（二二頁）を教え込んだように、人は適した「立場」に導いてくれる人種のカテゴリーに従うことによって、異人種を装うことが可能となるのだ。

3　盗まれた子供たち

チャイルドの『共和国ロマンス』においてローザとフローラがボストン上流階級白人としてまかり通り、ジョージが黒人として人種の逸脱を引き起こしたように、『まぬけのウィルソン』のトムは白人を演じきろうとする。のみならず、彼はジェンダーの境界をも越える。賭博で莫大な借金を抱えてしまったトムは、近隣の家々から盗みを働いて負債を返済しようとする。彼は「民家に侵入する際の変装手段である一そろいの娘の服」を持っていた（四六頁）。しかもその服は「自分の母親の服」であり、女装を越えて自分を抑圧する母ロクサーヌをまとう——言い換えれば母装をも暗示させるものですらある。

人種から母性まで、他者の表象を吸収してゆくことによって、アイデンティティは複数になり拡散していくようにみえる。このことは一八九〇年代になると、それまでは比較的固定していると思われていた人間の特質は、変化するものであり単一のものではないという意識がひろく浸透しだしたことも関わるだろう。(ノーパー『自然な演技』八九頁)。

しかしながら、トウェインはここでアイデンティティの拡張を科学的に制限する。人種、あるいはジェンダーさえも越えてしまうトムのアイデンティティはどこでわかるのか。言い換えるならトムをトムたらしめているものはどこにあるのか。トムが叔父であるドリスコル判事を殺害した後、法廷で彼が殺人犯であることだけでなく、法的に黒人であることまで証明するのは、まぬけのウィルソンが収集した、トム自身の指紋だった。チェーザレ・ロンブローゾに始まる犯罪人類学の分野において、一八八八年にフランシス・ゴルトン卿が指紋を犯罪者識別法を確立したことがトウェインに大きな影響を与えたことはよく知られているが、トウェインは人種の虚構性を強調することによって人種差別の反対を説いたのではなかった。逆に、そうした恣意的な基準による差別ではなく、科学的に証明された事実による人種隔離を奨励したと考えられるのである。

ロマン主義作家チャイルドが『共和国ロマンス』で可能性を示した子供のすり替えによる人種の虚構性の問題は、自然主義作家トウェインの『まぬけのウィルソン』になるとジェンダーの虚構性の問題とからんで、いっそう複合化した。年代的に考えるならば、トウェインが一八六七年に出版されたチャイルドの作品を読んでいたということは、決してあり得ないことではない。もしもトウエインがチャイルドの『共和国ロマンス』の子供のすり替えのエピソードを『まぬけのウィルソン』に利用したとするならば、それはテクストという名のもうひとりの子供が、ほかならぬ作家トウェインによって盗まれたことを意味しよう。ここにおいて、ジャンルとしてのロマンスは白人女性作家チャイルドと白人男性作家トウェインの間で、ダーウィン的優良ハイブリッド・ロマンスへと進化を遂げる。そして、この『まぬけのウィルソン』を刺激的に読み換えた作品『大統領の娘』において、ポストモダン作家バーバラ・チェイス・リボウは新たな逸脱領域を開拓したといっていいだろう。

4　チェイス＝リボウ、または偽りの孤児

アメリカ独立革命の英雄トマス・ジェファソンが、アメリカ文化研究の中で大きな注目を集めたのは一九九〇年代半ばのことである。一九九三年、ビル・クリントンが第四二代アメリカ大統領に選出される前後のことだ。新歴史主義批評の成果は、「独立宣言」という政治的文書をもアメリカ建国のための大きな物語装置として読み直す面白さを教えてくれたが（フリーゲルマン、下河辺など）、こうした背景から、長らくタブーとされてきたジェファソンと彼の混血黒人女性奴隷であったサリー・ヘミングスとの関係が、歴史改変小説の格好のテーマとして、作家の想像力を煽る。一九九三年にはスティーヴ・エリクソンの『Xのアーチ』が、ジェファソンとサリーの関係を近未来都市に移し変えた。一方、チェイス＝リボウは一九七九年の段階ですでにサリー・ヘミングスを主人公とした小説『サリー・ヘミングス』を書いていたが、その一五年後の一九九四年に出版した続

編『大統領の娘』では、サリーとジェファソンの間にできた娘ハリエット・ヘミングスをヒロインに据える。かくして長らく絶版だった『サリー・ヘミングス』も、『大統領の娘』の出版にともなって再び陽の目を見た。その翌年一九九五年には、イギリスのジェイムズ・アイヴォリー監督による映画『ジェファソン・イン・パリ——若き大統領の恋』（その後、邦題『ある大統領の情事』に改題）が封切られ、ジェファソンの四年間にわたるパリ生活とヘミングスとの恋愛模様が、映像化されている。

今でこそ異種混淆は広く受け入れられる物語といえるかもしれないが、しかし、チェイス=リボウは『サリー・ヘミングス』復刊のあとがきにおいて、七〇年代の出版当時を回想し、次のように語っている。

一五年前、私が最初に『サリー・ヘミングス』を出版したときは、様々なことが今とは全く違っていました。（中略）黒人研究科は大学にできたばかりで、サリー・ヘミングスという名前は一般の人には全く知られていませんでした。『サリー・ヘミングス』出版に関わっていた人たちは、作者を含めてひとり残らず、この小説が引き起こすであろう情緒的反応や論争を過小評価していたのです。ジェファソンが自分の亡妻の腹違いの妹である奴隷女性と家族をなしたことに対してはえんえんと糾弾されてきましたが、この作品にはそうした傾向をさらにエスカレートさせかねないところがありました。（三四五頁）

『大統領の娘』とともに甦った『サリー・ヘミングス』が、時代的変化によって再評価を受けているという事実が、一九八〇年に始まり九〇年代でピークを迎えるカーチャーやカレン・サンチェス＝エップラーらによるチャイルド再評価と時をほぼ時を同じくしていることは注目すべきであろう。逆にいえば、文化多元主義や混成主体に代表される異種混淆の言説が浸透した二〇世紀末だからこそ、いま私たちは一九世紀作家チャイルドやトウェインから現代作家チェイス＝リボウまで連綿と織りなされるもうひとつのロマンス文学史を読み直すことができるのだ。

『サリー・ヘミングス』から一五年を経て書かれた『大統領の娘』は異装に満ち満ちている。「白人でとおるほど白い肌をした」ハリエットは、二一歳の時にそれまで奴隷として暮らしてきたヴァージニア州モンティチェロのプランテーションを捨て、白人としてフィラデルフィアにやってくる。

私が気づいたのは、もはやここではどんな場合であろうと、白人たちの視線が私を見えない人間扱いすることはない、私の人間性を無視して綿花の束のように見落とすようなことだけはしない、ということだった。彼らは私を真っ正面から、興味深げに、親切に、あるいは値踏みするかのように、からかうように見つめた。ハリエット嬢、お若いご婦人、お嬢さん、と。（五四頁）

しかし、この歴史改変小説における異装は、人種間にはとどまらない。なぜなら、白人として異装するということは、とりもなおさず白人種に含まれる階級主義も含め、異性愛者としても異装することを意味するからだ（巽 一七八頁）。ハリエットと女友達のシャーロッテとの親密な関係は、姉妹的どころかはっきりとレズビアニズムを示すものである。「シャーロッテの顔が私の顔に近づいてきて、彼女の息が私の髪を揺らす。彼女は私の方へと腕を伸ばし、まだ少しあえぎながら、私の胸に顔をあずけた」(五九頁)。ハリエットは異性愛者として白人薬剤師ソーン・ウェリントンと結婚した後もシャーロッテとの関係を続け、「私たちの階級では、女性が同性に抱く性愛というものは絶対に漏らしてはいけない秘密だった」と語る(二七二頁)。

だがなにより、奴隷としての過去を隠さねばならなかったハリエット最大の偽りは、孤児としての偽りである。「私は自分自身を忘れるだけでなく、母のことも父のことも忘れて、孤児という役を完璧に演じた」(七三頁)。言い換えるなら、ハリエットは『まぬけのウィルソン』のチェンバーズが「偽りの黒人」を演じたように、「偽りの孤児」を演じる。そしてその「偽りの孤児」こそ、父親・母親・子供という配役から成る近代家族制度以外の「異常な」家族を持ったハリエットが白人として演じ切らねばならぬ役であった。ここでこのロマンスは、「偽りの孤児文学」の様相を帯びることになる。さらに、女人禁制の図書館に潜り込むために男装したハリエットは、こうして人種、ジェンダーのみならず、ヘテロセクシュアリティや家族制度をも装いながら、同時に北部白人の規範を逸脱していくのである。

しかも、ハリエットの逸脱には限りがない。『まぬけのウィルソン』のトムを黒人であると暴いたあの指紋は、『大統領の娘』のハリエットにとって唯一自分を奴隷として証明しうる脅威として彼女を脅かす。しかし、その脅威がある時突然消えてしまうというアイロニカルな事件が起こる。ソーンの薬学実験室に行ったハリエットは、あやまって劇薬に触れてしまった。そして火傷が治ったあとの指先からは、指紋が全て消えていたのである。「信じられないほどのショックだったが、指紋が全くなくなっていることがわかった」(二七九頁)。指紋が消えうるものである以上、自己確認の手段とはなり得ない。人間には、まぬけのウィルソンが信奉していたようなアイデンティティの絶対的な証明手段など、もはやなくなってしまった。だからこそ、ハリエットはたえず感じていたのだ、「自分はまるで小説の中の一場面を演じているようだ」（一〇四頁）と。なぜなら、全ての属性——父親、母親、色、人種、性、自由人か奴隷かということさえも、「幻想」なのだから。この意味でチェイス＝リボウは古典的な人種の異装の他に、母性、父性、セクシュアリティをも異装する可能性を提示してくれている。

領域逸脱が可能になる場所、それは現実と幻想が交錯するところなのだ。ちょうど、ハリエットの手のひらに残った十字の傷のように。

5　ハイブリッド・ロマンス

黒人女性作家であるチェイス＝リボウは白人男性作家トウェインの『まぬけのウィルソン』に見られる人種、家族、アイデンティティの問題を、異種混淆からくるセクシュアリティ、孤児、幻想という属性を中心にした異装の問題へと読み換えている。トウェインが示したのは人種という属性の虚構性ではあったかもしれないが、そこには指紋という「科学的」な限界があった。しかし、チェイス＝リボウはその属性の虚構性をより拡大させ、そこにレズビアニズムの問題、近代家族制度、そして母性や父性をも読み込む。そしてさらには「化学的」な薬品によって「科学的」なはずの指紋を消し去り、「科学的」言説そのものの虚構性をも幻視する。チェイス＝リボウは『大統領の娘』を書くことによって、『まぬけのウィルソン』を異種混淆の物語から異装混淆の物語へと読み換えていくのである。

トウェイン、チェイス＝リボウと連なる異装のロマンス史のコンテクストを踏まえたうえで、今いちどチャイルドのテクストに戻ってみよう。『共和国ロマンス』においては人種の偽りのみを描いていたかに見えるチャイルドは、ほかならぬ彼女自身が異装者であった。というのも、理想主義的で経済的には全く頼ることができなかった夫デイヴィッド・チャイルドとの結婚生活を支えるために、彼女は様々な執筆活動を続けなければならなかったからである。そもそも彼女がいちばん成功をおさめたのは実は小説ではなく、育児書だったことをここでふたたび思い出してみよう。第二章でも触れたように、一八三一年に出版された『お母さまの本』は育児書としては草分け的な存在であり、教育者としてのチャイルドの名を高めた本でもあった。にもかかわらず、チャイルドはその生涯において生物学的に母親になったことは一度もなかったのだ。『まぬけのウィルソン』においてトムが自分の母親の服をまとうことによって母装したのと同じように、チャイルドは作家として母親を演じることによって、境界を越え母性という属性を取り込んでいったのである。もちろんそれによって彼女の性差混乱が引き起こされたことは第三章でも見たとおりだ。しかしそれでもなお、彼女の作品は異種混淆を描き、性差を乗り越え、属性からくる規制を乗り越えようとする。それがゆえに彼女のロマンスは、後世へと進化するロマンスとなりえたのではなかったか。

異種混淆ロマンスの本質を見据えたチャイルドの『共和国ロマンス』から約一三〇年、トウェインの『まぬけのウィルソン』から約一〇〇年が経過した今、チェイス＝リボウが歴史改変小説という虚実混濁ジャンルを得て、混血黒人奴隷女性ハリエット・ヘミングスを描く。混血であるハリエットはすべてのボーダーラインが幻想であり、異装の可能性が限りないことをしめす。なぜなら私たちが生きているのは「幻想という人生」にすぎないのだから。かくして異種混淆のモチーフはその政治的問題を異装という表象論的問題へと巧みにずらすことによって、ロマンスというジャンルそのもののハイブリディティを問い直すだろう。チャイルドからトウェインを経て、チェイス＝リボウへと続く異種混淆の文学史の中で、いま現在もなおハイブリッド・ロマンスが現実を浸食し、その領域を拡張しつつある。

6◆アフリカの蒼い丘

チャイルド、ハーパー、ボウルズのアフリカン・ナラティヴ

チャイルド『アフリカ人と呼ばれるアメリカ人のための抗議文』に挿し絵として入れられていた、白人旅行者に親切にする黒人の図。チャイルドは黒人の道徳性や寛大さを主張していた。

リディア・マリア・チャイルドが描くロマンスは、時代設定の差はあれども、『フィロシア』を除けば、基本的にアメリカ内部における捕囚《キャプティヴィティ》、異種混淆《ハイブリディティ》、そしてそれによる自己の肥大化《トランス・サブジェクティヴィティ》を扱っている。インディアンと荒野を巧みに描いた『ホボモク』は、アメリカ合衆国建国以前の植民地時代を描き、『反逆者』は、アメリカ独立革命を舞台に据えている。『共和国ロマンス』は、南北戦争という一九世紀のアメリカ最大の国家的有事を舞台にしたまさにアメリカン・ロマンスであるし、古代ギリシャを舞台にした『フィロシア』も、一九世紀にアメリカ人の想像力を刺激したオリエンタリズムを反映している点や、アメリカ南部の奴隷制問題を古代ギリシアの奴隷制度に投影している可能性などを考慮すれば、これもまたアメリカで生まれるべくして生まれたロマンスであるといえよう。ノンフィクションの体裁を取る『ニューヨークからの手紙』でさえも、アメリカの大都市を主役にした一種の「ロマンス作品」として考えられることは、すでに論じたとおりである。アメリカという国がもつ「現実」は、つねに混沌と無秩序が生み出す想像力の必要不可欠な土壌となっていたのである。

だが、同様にアメリカ以外の国を意識した数多くの物語もまた、やはり「アメリカ性」の問題を前景化する。たとえばアメリカ国内にある人種問題を扱いつつも「黒人のアフリカ移民」という国外への視線を内包する奴隷逃亡体験記には、アメリカ内部の問題を国外へ拡大する可能性を見て取ることができる。第五章では、ハイブリッド・ロマンスの系譜がバーバラ・チェイス＝リボウをはじめとする現代のアメリカン・ロマンス作家へと引き継がれていくことを論じたが、その一方でハイブリッド・ロマンスはじつはアメリカ国内にとどまらぬ、まったく別の系譜をも、期せずして生み出していた可能性がある。

再度、アメリカ建国は海を越えてやってきた移民たちに端を発し、異人種・異文化との接触抜きには語れないことを思い出してみたい。一九世紀には「明白なる運命」によって、北アメリカ大陸を掌握したアメリカが太平洋を越えて政治的な拡張を遂げ、二〇世紀後半にはグローバルな覇権をも掌握していくにともない、アメリカン・ロマンスもまた、その領土を拡張していくのである。特に人種問題にからんで一九世紀にもっとも注目を浴びており、ロマンス化されていた場所――それは、アフリカであった。

1　ストウとチャイルドのアフリカ

アメリカ国内にいる黒人奴隷を彼らの「故郷」であるアフリカ――特にリベリア――へ移民させるためのアメリカ植民協会が設立されたのは、一八一六年のことである。植民協会の活動は第三代大統領トマス・ジェファソンによる黒人奴隷の漸次解放と、人種問題の解決策としての黒人植民が礎となっている（フランクリン 一五五頁）。植民協会設立の背景には、一九世紀初頭に自由黒人が一時的に急増し社会的に危険視されたために、分離政策として「幸福な距離」のあるアフリカに黒人を体よく追い払ってしまい、白人共和国としての合衆国を建設するもくろみがあったと同時に、アフリカでの植民地建設による商業的発展への意図が見え隠れしていた（清水 一一九―一二一頁）。

この植民協会の存在は、文学にも少なからぬ影響を与えている。南北戦争を引き起こしたといわれる、ハリエット・ビーチャー・ストウの大ベストセラー『アンクル・トムの小屋』(一八五二年)の第四三章には、白人と見まごうほど肌の色の薄い混血黒人のジョージ・ハリスが、次のような手紙を友人に書き送っている。

「僕は圧迫され、奴隷にされたアフリカ人と運命を共にする。もし僕が何かを望むとしたら、もっと白い人間になるよりも二倍も黒い人間になりたいと思う。

僕の心からの希望と憧憬はアフリカ人の国籍を持つことである。(中略)では、僕はどこを見るべきであろう? 僕はアフリカの岸に一つの共和国を見る、——気力と実力によって、種々の場合に、各自に奴隷の状態を抜け出したえりぬきの人たちで構成された共和国。(中略)キリスト主義の愛国者として、またキリスト教の教師として、僕は僕の国へ行く。僕の選ばれたる、栄光に満ちたアフリカへ!」(六〇八—一一頁)

この「アフリカの岸」にある共和国とはリベリアにほかならず、ストウにとってアメリカでキリスト教精神を身につけた黒人が入植することは、キリスト教の布教という役割を担っていたことがわかる。だが一方で、解放された自由黒人たちの「故郷」であるはずのアフリカへ帰還することを高らかに歌い上げたこの箇所は、ストウの植民運動への賛同としても受け取ることができる。アメリカン・ルネッサンス期のアメリカの国家的記憶をリベリアという国家創設と結びつけた啓発的な論文において、竹谷悦子氏は、ストウの黒人植民のレトリックは「『北部』と『南部』の見事な政治的妥協点」であり、その結果リベリアが「国家分裂の危機を回避する安全弁として」の役目を果たしたと看破する（四三頁）。

一方でチャイルドは、すでに一八三三年の段階で植民協会への反発を表明し、黒人がアメリカで市民権を獲得する正当性を訴えている。「もはやイギリスが私たちの故国ではないように、黒人にとってアフリカは故国ではありません――いえ、イギリスとアメリカの関係よりももっと関係が稀薄でしょう。なぜなら言葉も習慣もまったく違うのですから」（『アフリカ人と呼ばれるアメリカ人のための抗議文』一三〇頁）。黒人のアフリカ植民に対するチャイルドの強い抵抗の姿勢は、奴隷制廃止、黒人の地位向上という彼女の一貫した主張に鑑みれば当然のことだと言えよう。だがしかし、ロマンス作家としてのチャイルドは、同時にアフリカという地域が、ハイブリディティを生み出す想像力にとって必要となる「他者性」をそなえた場所であることも、意識していたに違いない。白人の勝手な理念によって自由黒人をリベリアに追放するかのような植民協会には反対するという政治的態度がある一方で、チャイルドの文学的態度は、アフリカや黒人がもたらす異質性を自らの著作に不可欠な要素として認識していたのである。

異文化の衝突がアメリカン・ロマンスの構成要素のひとつとなっていることは、これまでにすでに論じてきた通りである。そもそも、もっとも初期のアメリカン・ロマンスを形成する新大陸アメリカにおける捕囚体験記は、アメリカ大陸にあるもっとも古い文学ジャンルであるが、それは、ピューリタンから生まれたのではなく、スペイン人によって捕囚され、強制的に案内役・通訳として働かされてきたインディアンたちが語り始めた可能性が高い（ヴォーン&クラーク 一一頁）。また、アフリカ大陸北端に位置するバーバリー海岸における捕囚体験記と、新大陸のインディアン捕囚体験記の関連性を論じたポール・ベープラーによる刺激的な考察は、異質なるものを侵略することによって異種混淆を促進させ領域を犯すことは、捕囚体験記というジャンルには——それがアメリカ内部の捕囚体験記であろうとそうでなかろうと——必要不可欠な構成要素であることを示唆している（「初期アメリカにおけるバーバリー捕囚体験記」九五頁）。

植民地時代にインディアンが白人を捕囚するようになると、ピューリタンたちは捕囚体験記を語りだし、そこに男性はインディアン嫌悪を、女性は混沌、無秩序の中からの自己形成のメッセージを刷り込ませた。その後、感傷小説などのジャンルにも取り入れられたインディアン捕囚体験記は、もともとのピューリタンたちの意図を越え、文学的伝統としての幅を広げていったのである。捕囚体験記が内在化させる多文化的側面は、まさにハイブリッド・ロマンスにうってつけの文学ジャンルであり、ここにアメリカン・ロマンスの原型が見られるといってもいいだろう。

2　エキゾティシズムの系譜——ジェイコブズとチャイルド

インディアンがスペイン人によって捕囚された物語が、白人ピューリタンによって引き継がれていったように、インディアン捕囚体験記に基づいたロマンスは、一九世紀前半にチャイルドの『ホボモク』やキャサリン・マリア・セジウィックの『ホープ・レスリー』（一八二七年）をはじめとした感傷小説や煽情小説に組み込まれた後に、今度は黒人作家たちによって、さらに別の形へと変形させられていくことになる。一八五〇年代には、白人奴隷所有主に「捕囚」された黒人奴隷の物語がすでに人気を博していたが（デイヴィス vii頁）、それはおそらく感傷小説の手法を真似ていたためと思われる。奴隷体験記と感傷小説の共通性については、すでにいくつかの指摘がある。女性奴隷の物語はセクシュアリティとアメリカ市民権の問題、たとえば自己、煽情、感情、法律、主体といった問題があまりにも複雑に絡み合っていることを露呈させているが（バートランド 五四九頁）、ここに「社会規範」を付け加えれば、まさに感傷小説にも当てはまる定義ができあがる。さらに奴隷体験記は文章が大げさであることに加えて、論議を巻き起こすものであり、かつメロドラマ的想像力を必要とする点でも、感傷小説に相通ずるものがあると、チャールズ・デイヴィスとヘンリー・ルイス・ゲイツも論じている（xv頁）。黒人作家による奴隷体験記は、白人の大衆小説を巧みに黒人の物語へとすり替えた文学ジャンルだったのである。

感傷小説の手法を有益に利用した最たる例として、ハリエット・ジェイコブズ（一八一三—九七年）の『ある奴隷娘の生涯に起こった出来事』（一八六一年）を挙げることができるだろう。ノース・キャロライ州イーデントンに奴隷として生まれたジェイコブズは、一六歳のときに主人であったジェームズ・ノーコムという医師から関係を迫られたため、それを避けるために白人男性サミュエル・ソーヤーとの間にふたりの子供をもうける。その後も続くノーコムからの性的関係の要求をはねつけたジェイコブズは、プランテーションに追いやられるが、そこを逃亡したのち七年間もの間、自由黒人であった祖母の家の納屋にあった屋根裏部屋に隠れ住んでいた。その後、北部へ逃れるも、逃亡奴隷を捕獲しようとする南部からの追っ手におびえながらの生活だった。ようやく彼女の自由が獲得できたのは、当時ジェイコブズの雇い主であったコーネリア・ウィリスがハリエットの自由を買い取った一八五二年のことである。

リディア・マリア・チャイルドによって編集され、序文を付されたこの体験記は、ジェイコブズ本人が語り手リンダ・ブレントという奴隷娘として登場する。彼女は物語中、白人男性に誘惑され、彼女の愛する子供たちから引き離された上に、屋根裏に閉じこもることを余儀なくされる。ジェイコブズが白人に対する懐疑心や怒りとともに感傷小説的要素を黒人奴隷女性の物語に流し込んだことがわかるのは、自分の白人奴隷主をめぐる性的競争者としての白人女性を描いている場面である。ノーコム（作品内ではフリント）が、ジェイコブズ（作品内ではリンダ）をなんとかものにしようと手筈を整えているのを知ったノーコム夫人（作品内ではフリント夫人）は、ジェイコブズを呼びつけてことの真相をただそうとする。

私（リンダ＝ジェイコブズ）は白人の女主人の命令通りに、ご主人様とのあいだに起こったことを話した。私が話を進めていくにつれ、しばしば彼女の顔色は変わった。彼女は泣いたり、時には、呻き声をだしたりした。彼女がとても悲しそうな声で話したので、私はその悲しみに動かされた。私の目に涙がでてきた。しかし、そうした彼女の感情の動きも、怒りと傷つけられた誇りから来ていたのを、私はすぐに見て取った。結婚の誓いが汚され、自らの尊厳が傷つけられたと感じてはいるものの、彼女は自分の裏切りによる哀れな犠牲者には、何の哀れみも抱いてはいなかった。彼女は自分を殉教者に仕立てて憐れんでいたが、不幸で無力な奴隷の置かれている屈辱的で惨めな状況には、思いをいたすことはできなかった。（三三頁）

女主人の感傷的な態度にいったんは心を動かされつつも、客観的な観察を続けるジェイコブズは、感傷的ではありながらも自分の物語を白人のように語ることを拒み、白人の感傷小説を有色化することで、奴隷女性としての態度を表明することを忘れていない。一瞬女主人の悲しそうな態度にほだされはするものの、自分たち黒人が人種として味わってきた苦しみに比べることで、黒人のおかれている状況に読者の同情をひきつけようとする。

アメリカン・ロマンスにおける混淆性は、融合（amalgamation）から来るのだというリチャード・チェイスのロマンス論に従うならば、ジェイコブズの奴隷体験記はアメリカン・ロマンスの発展の分岐点と考えることができる。というのも、『ある奴隷娘の生涯に起こった出来事』が前景化しているのは、一九世紀半ばの黒人女性の卓越した読み書き能力とともに、アメリカン・ロマンスに備わっていた異文化、異人種に対するエキゾティシズムであったからにほかならない。黒人女性を白人男性が誘惑することは、人種が異なるというその一点において、白人内部において他者である白人女性を誘惑することとは別の意味が加味される。それはほかならぬ異人種である黒人がもつエキゾティシズムを露呈させることではなかっただろうか。ジェイコブズに備わっていた「他者《エキゾティシズム》」が持つあらがいがたい魅力は、チャイルドにも影響を与えた可能性が高い。チャイルドもまた、黒人への誠実な同胞意識を持ちつつも、彼らが持つ異質性の魅力を語っているからである。

『共和国ロマンス』の執筆開始直前に出版された解放された黒人のためのパンフレット『自由黒人の本』（一八六五年）は、チャイルド内部の人種意識をかいま見ることができるという点で興味深い一冊である。そこでは確かにチャイルドがそれまで一貫して主張してきた有色人の権利と尊厳を擁護する姿勢が見て取れるが、黒人の社会参加に関する不安もまた、見え隠れしている。チャイルドはこのパンフレットをまとめた理由を「黒人に人々が実行可能なさまざまな例を提示することによって、あらゆる外面的な不利（all external disadvantage）を克服するよう応援した」かったからだと述べている（二六九頁）。ここで使われている「外面的な（＝非本質的な）不利」という言葉からは、白人と黒人の間の視覚的な差異——肌の色、体格や顔の骨格など——をチャイルド自身が意識していたことを物語り、「人種差別反対」を唱える彼女の異人種への視線がはからずも露呈されることになる。
チャイルドの人種意識は初期作品からも窺うことができる。前述の『アフリカ人と呼ばれるアメリカ人のための抗議文』ではアフリカにいる黒人たちの道徳的性質を述べ、アフリカを一種のエキゾティックな理想郷として描くことによって、「外面的な不利」を補ってあまりある存在にしたてあげる。

ホメロスは古代のエチオピア人のことを「もっとも正直な人々」と評し、現代の旅人たちが挙げるアフリカにいる人々の親切さ、寛大な接し方の例には枚挙にいとまがない。マンゴ・パークによれば、彼はアフリカを旅する途中でいくつもの学校を目にして、とても素直で従順な性質の子供たちを喜ばしい気持ちで眺めていたという。そして子供たちがもっとよい教師ともっと純粋な信仰を持つことができるように心から祈ったそうである。(一七七頁)

道徳心を生まれ持った黒人を描きながら、チャイルドはアフリカを平和な共同体という一種のユートピアとして描き、エキゾティックなアフリカへの憧れをかき立てている。チャイルドが同胞である黒人たちの弁護をすればするほど、彼女が持っているアフリカへの異国憧憬《エキゾティシズム》が露呈されていき、皮肉にも彼女が無意識に感じていた黒人と白人との差異が浮かび上がってしまう。チャイルドが長らく持ち続けていた異人種・異国への意識は、ハリエット・ジェイコブズの奴隷体験記との邂逅によってもう一つ別のロマンスの系譜を作り上げた。それはエキゾティシズムを前景化し、異国への視線を内包したエキゾティック・ロマンスであった。

チャイルドの作品は逸脱をつねに含んでおり、周縁にあるものや混沌を必要とする世界を描いてきた。この逸脱がアメリカン・ロマンスを語るうえで避けがたい要素であるのは、捕囚や異種混淆、そして逸脱を生じさせる文化的差異がアメリカの誕生そのものに深く関わっていたために、ハイブリッド・ロマンスがすでにアメリカン・ロマンスの根底に深く存在していたからにほかならない。言い換えるならば、アメリカン・ロマンスそのものがすでにエキゾティシズムを受け入れる準備を完了しており、奴隷制と人種問題が一気に噴出した一九世紀中葉を迎え、いよいよその本領を発揮することになったと見るのが正しい。

ここで、サクヴァン・バーコヴィッチのホーソーン論で強調されている「一八五〇年の妥協」は、そもそも奴隷制をめぐる南北の分裂を避けるためのほどよい「曖昧性」による合意をもとめる措置だったことを確認するならば、人種を巡る言説が文学形式そのものに与える影響があったことは否めない。植民地時代以前からすでに異種混淆を内包してきたアメリカン・ロマンスの本質的な特徴が活かされるのは、常に異質なるものに絡んだときであったことを、奴隷制問題ははからずも浮かび上がらせるのである。

3 アンチ・アフリカ物語――フランセス・ハーパー

感傷小説の形で奴隷制を批判しながらも、黒人のアフリカ返還を高らかにうたいあげたハリエット・ビーチャー・ストウ。自らの持つ異人種性を利用し、白人男性の愛人になり「誘惑する男・誘惑される女」という感傷小説の形を踏襲し、同時に白人への怒りを作品に忍ばせた黒人女性ハリエット・ジェイコブズ。黒人のアフリカ植民に反対し、ジェイコブズに手を貸しつつも、白人がもつ黒人への異種憧憬をあらわにした白人女性チャイルド。これらの女性作家たちに共通するのは、つねに「異質なるもの」への視線であり、そこから出てくるエキゾティシズムであった。

チャイルドが露呈してしまった人種的差異の問題に異を唱えるかのように、こうした女性作家に連なる形で登場するのが、フランセス・E・W・ハーパーである。一八二五年に自由黒人として奴隷州メリーランド州に生まれるが、三歳の時に両親と死別。叔父の経営する私塾に通い、中流階級の黒人として恵まれた生活を送る。一四歳の頃よりその文才を発揮し、二一歳のときに詩集を出版するが、この黒人女性詩人の存在を一般読者はなかなか認めようとしなかったばかりか、当初は他人の詩作ではないかという疑いさえかけられていたという。しかし一八五〇年代には、フィリス・ホィートリー以来の黒人女性詩人として広く知られるようになる一方で、奴隷制廃止運動に携わり、演説家として活躍するようになる。

さて、チャイルドがハーパーと知遇を得ていたことは、一八五九年にチャイルドがメアリ・アン・ブラウン（ジョン・ブラウン夫人）に宛てた手紙に記されている。黒人の反乱を引き起こそうと一八五九年にヴァージニア州ハーパーズ・フェリーの兵器庫を襲撃したジョン・ブラウンに同情を示したチャイルドに対して、ハーパーが手紙を書き送ったのである。そのことをチャイルドはこう書き記している。「ミス・フランセス・エレン・ワトキンス（・ハーパー）は、すばらしい知性を持った黒人女性です。彼女は演説もなさるし、とても才気に満ちた詩をお書きになる方ですが、この間の一一月に私に手紙を下さいました。『あなたがあの心優しき男性（ジョン・ブラウン）に対して示してくださったご同情に感謝します。彼は押しつぶされ、希望を奪われた私たちの人種に対して、勇気にあふれ寛大きわまる手をさしのべて下さったのです（後略）』」（『書簡集』三三八頁）。

奴隷制廃止運動、および人種差別撤廃を唱えていたハーパーが一九世紀末に出版した『アイオラ・リーロイ、あるいは高みにのぼる影』（一八九三年）は、ストウ、ジェイコブズ、チャイルドが提示・利用してきた黒人が想起させるエキゾティシズムへのアンチテーゼを表明するかのような作品である。前章で考察したように、アイデンティティとは社会的・個人的想像力によって構築されるものにすぎないとし、それゆえに法律的には黒人であっても白人としてやり過ごす《パッシング・フォー・ホワイト》ことを正当化した。だがハーパーは、黒人はある程度まで肌の色にこだわり、アフリカの子孫であることに意義を見いだすべきであると主張する。

『アイオラ・リーロイ』では、『共和国ロマンス』の主人公だったローザとフローラ姉妹と同様に、自分に黒人の血が流れているとは知らずに南部貴族制の中で育ったアイオラという混血の少女が、自分の本当の立場――自分は父親が所有する奴隷にすぎないこと――を知り、父親の死後は奴隷へと身をやつす。南北戦争後に解放された彼女は、離ればなれになった母親を捜しながら教師になり、黒人の地位向上のために努力し、最後には黒人の医師ラティマーと結ばれる。父の死によって真実が明るみに出るまでアイオラが自らを白人と信じて疑わなかったように、白人としてやり過ごすことは十分に可能であったにもかかわらず、彼女はあくまで黒人として自らを認識し、黒人として生きることを決意する。アイオラが北部の白人男性であるグレシャム医師からプロポーズされたとき、彼女はこう答えている。

あなたのご家族が私の素姓をお聞きになったとしても、私の血が受け継いできた伝統を気にせず、私がこれまで経験してきた恐ろしい辱めをすべてお忘れになるでしょうか？　私はヴェールに包まれた隠し事をもってあなたの家に入るには、自尊心が強すぎます。（一一七頁）

また、アイオラが結婚することになるラティマーは、人種問題に関する本は、当事者となっている黒人の作家が書くべきだとしてアイオラに執筆活動を進めているところからもわかるとおり、白人が「完全に黒人の立場になることは不可能」であるという立場をハーパーは繰り返し主張する（二六三頁）。

世紀末に発表されたハーパーの奴隷体験記は、チャイルドの『共和国ロマンス』に真っ向から異を唱えるかのように、白人と黒人のはっきりとした分離の道と、黒人としての誇りを持つべきだという主張に彩られている。異種混淆を拒否するハーパーの姿勢は、一見チャイルドの推奨する人種的融和とはかけ離れて見える。だが黒人と白人の完全な分離を促す黒人のアフリカ植民に関しては、ハーパーはチャイルドと同じ意見を作品の登場人物に主張させている――すなわち植民反対の意見である。

「天候や土地、物理的な環境は、国民性の形成に深く関与する。アフリカでは、熱帯の太陽の下で、黒人たちは文明化の流れということでは他の国から遅れをとってきた。だが、この国（アメリカ合衆国）では、少なくとも今だけは、新しい状況の下で黒人がこの国の気候的な好条件を利用して発展する特権を持っているんだ」とグラドナーが述べるとそれに答えてラティマーが「その通り」と同意を示した。「我々の仲間が自由な状態で一世代も努力しないうちに、(アフリカに行って)落ち着きのない状態になるのは望ましくない」(二四七頁)

ここで興味深いのは、植民反対の意見の中に表されたアフリカのイメージである。チャイルドがかつて理想的な道徳を持った人々が暮らすユートピアとしてアフリカを造形した、あたかもそのイメージのコインの裏側であるかのように、ハーパーはアフリカを「文明的には遅れを取った場所」であると一蹴する。重要なのは、その見解が正しいかどうかではない。ここで注目すべきはむしろ、リベリアをはじめとした「アフリカ」には、すでに一九世紀を通じてある種の紋切型《ステレオタイプ》ともいえるイメージが形成されていたことだ。言い換えるならば、アフリカが黒人問題に関連して、特権化された場所として繰り返し語られていた点に、ハイブリッド・ロマンスの系譜が国外へと進出していく萌芽を見いだすことができるのではないかと思われるのだ。

4　ロマンシング・アフリカ——ボウルズの捕囚体験記

以上の文化史的背景をふまえつつ、ここでひとまず一九世紀末、リアリズム時代のアメリカ世紀転換期からモダニズム時代のヨーロッパへと時空を移動してみよう。一九世紀アメリカン・ロマンスとモダニズム文学をつなぐのは、いささか唐突に見えるかもしれない。だが、「アフリカ」を媒介にすることによって、ここにあらたな文学史が浮かび上がってくる。二〇世紀に出現したモダニズムは、西洋白人男性がみずからの文化がこの世で唯一のものではなかったことを「発見」することであったと定義づけることができるが（アシュクロフト 一五六頁）、その他者なるものとは、異文化、無意識、女性——文化的な他者である西欧以外の異文化、意識の他者である無意識、男性の肉体的他者である女性——であったこと、すなわちモダニズムとは「不気味なもの」を発見する時代であったことを、種村季弘氏は指摘している（四九頁）。この洞察には、一九世紀から二〇世紀を架橋するヒントが含まれている。

この時代に西洋白人男性によってアフリカが美的インスピレーションの源になり、注目されたことはピカソをはじめとした芸術家たちが二〇世紀初頭から示していた黒人彫刻への関心に端的に現れている。さらにモダニズムの時代を「民族誌的シュルレアリスム」と言い表した文化人類学者ジェイムズ・クリフォードは、一九二五年にパリで同時多発した三つの出来事に注目している。ひとつはテアトル・シャンゼリゼで行われたニグロ・レビュー。それはまさにパリっ子たちが「原始的で野蛮で、まったく新しい音楽を求めた」結果であり（一二三頁）、パリはバナナを腰に巻いた半裸のアメリカ人の黒人女性歌手ジョゼフィン・ベイカーに夢中になっていく。「アメリカナイズされたアフリカ」の香りをもつベイカーの存在は（渡辺 一一二頁）、黒人＝アフリカという異文化を象徴するのみならず、男性にとって異質なる女性の肉体を強調していたことは注目に値する。ふたつめの出来事とは、マルセル・モースらによる民族学協会設立であり、そして最後はアンドレ・ブルトンによるシュルレアリスム宣言であった。一見、偶然による同時多発としか思われないこれら三つの出来事すべてに共通しているのは、見慣れた現実ではない「現実」、あるいは異世界、他者の発見という点をおいてほかにない。その中で異文化としてクローズアップされていたのがアフリカを想起させるアメリカ黒人女性であったことは、着目に値する。

その後一九二九年には、シュルレアリスムと民族学が融合した雑誌〈ドキュマン〉誌がジョルジュ・バタイユによって創刊されていることも看過することはできない。美術評論と文化人類学に関する論文や調査報告が混在するこの雑誌は、「意外なものの並置を通じて、驚異的な現実という感覚」を呼び起こした（今福 一一八頁）。この「意外なもの」とは「他者なるもの」であり、シュルレアリストと民族学者はともに見慣れぬ現実、エキゾティックな風景を求めているという点ではあまりにも近い存在であったことがわかる。

この異文化のもつエキゾティシズムに魅せられていったのが、最後のモダニストとも呼ぶべきポール・ボウルズ（一九一〇—九九年）であった。ニューヨークに生まれ、エドガー・アラン・ポウを愛し、わずか一八歳で国際的文芸雑誌〈トランジション〉誌に詩を発表し、ガートルード・スタインのサロンに出入りしていたこのひとりのアメリカ人は、その生涯のほとんどを故国アメリカ以外の土地——アフリカ大陸の北端に位置するモロッコはタンジールで過ごした。ボウルズの詩がシュルレアリスムの影響を受けていたこと、三〇年代のパリに滞在していたこと、またわずか二年で廃刊になってしまった〈ドキュマン〉誌のバックナンバーを読みあさっていたこと（四方田 二二三頁）などから、ボウルズが「他者」を意識したモダニズム的な空間にいた民族誌的シュルレアリストであったとみなすことができるだろう。だがここで重要なのは、ボウルズが持っていた他者への視線は、決してヨーロッパ的モダニズムによってのみ培われたのではないと思われることだ。ボウルズが他者の魅力に取りつかれたのは、異質なるものを取り込み混沌を生み出すことによって現実を浸食していく、アメリカ文学の底に脈々と受け継がれていたハイブリッド・ロマンスの伝統を引き継いでいたからではなかったか。

作家ゴア・ヴィダルによって「アメリカ的体験が欠如した」がゆえにアメリカでは有名にならなかった作家と呼ばれたボウルズを（『短編集』序文 五頁）、アメリカン・ロマンスの中核をなすハイブリッド・ロマンスの系譜に位置づけることはあまりにも無謀なことのように思われるかもしれない。だが、ボウルズがアフリカ版捕囚体験記を書いていたとしたら、それはまさに植民地時代のインディアン捕囚体験記、一九世紀の感傷小説や奴隷体験記を経た、国外版ハイブリッド・ロマンス、アラビア系捕囚体験記として読み直すことができるのだ。

ベルナルド・ベルトリッチによって映画化もされた『シェルタリング・スカイ』（一九四九年）は、モロッコを旅する三人のアメリカ人——二人の男性と、一人の女性——の物語である。作曲家ポート・モレズビーとその妻で作家のキットは、友人タナーを伴ってアルジェリアの港町オランにやってくる。キットとポートは結婚して一〇年になるが、すれ違いの関係が続いている。友人タナーに対して表面上はクールな夫婦関係を装いつつ、ポートはオランで娼婦と一夜を過ごしキットをいらだたせ、キットはタナーと親しげにすることでポートの嫉妬を煽る。ポートとキットのふたりの関係には決着がつかないかもしれないという不安は、とくに「ポートは自分のことを観光客だとは考えず、旅人だと思っていた」（一二三頁）というさりげない描写にも表れている。観光客はいつかは旅行を終え故郷へ戻っていく存在だが、旅人は故郷に戻る保証はなく、永遠に旅を続けるかもしれない存在なのだ。そして実際、ポートはアフリカの砂漠を出ることなく命を落とす。

この作品のテーマのひとつとなっているのは自己存在の不安であり、そこに実存主義的な作品と評されるゆえんがある。たとえばこのふたりは共通して人生を「生きる」ことに対して恐怖心を持っていることが、ポートの次のようなセリフに表れている。

「たぶん、僕たちは同じものをおそれているんだ。それも同じ理由からね。僕たちはどちらも、きちんと人生に向き合うことができなかった。僕たちは自分たちにふさわしくないものばかりにしがみついている。きっと次に衝撃がきたら落っこちてしまうことがわかっていながらね。そうじゃないかい？」（八九頁）

ここでポートがキットと同じように抱えている不安とは、自己存在が不安定であることであり、ポートがこの時キットに初めてその不安を告げていることからもわかるように、それを口に出して話すことができないことへの不安でもあるだろう。歴史的背景を繙くならば、『シェルタリング・スカイ』が執筆された一九四〇年代という時代は、第二次世界大戦後、政治的・社会的にアメリカが保守化をたどる発端となる重要な時代である。

一九四七年三月当時、トルーマン大統領はギリシアとトルコに戦後の復興のための援助を決定し、トルーマン・ドクトリンを発表した。続いて六月にはジョージ・マーシャル国務長官が当時のソ連を含めたヨーロッパ諸国に対して復興計画の援助を発表し、いわゆるマーシャル・プランが発動されている。これらの政策の根本には西ヨーロッパ諸国をソ連の驚異から守ろうという大義名分があったことは言うまでもない。これが「封じ込め政策」と呼ばれるものであり、つまりは共産主義を囲い込もうとする資本主義アメリカが打ち出した対策であったのだ。

これらの政策によりアメリカでは「体制化」が始まり、反共思想《マッカーシイズム》の引き金となった。戦後から五〇年代にかけて反共主義が全米を覆い、非米活動委員会なるものが組織され、アメリカ的ならざるものを排除する時代となっていく。米ソ冷戦構造が明確化していく中で、アメリカに必要とされたのは「ナイーブなアメリカ礼賛主義」であり（リーア 四八六頁）、アメリカニズムを求める思潮が一気に高まる保守的な時代になる。

それと同時に、社会の組織化、巨大化がおこるようになり、人々が疎外感を感じるようになるのもこの時代であった。一言でこの時代の特徴を言い表すには「断片化」という表現が有用であろう。これは自分が自分であるという確固たるアイデンティティがなくなってしまったことを示す。全体的な役割ではなく、小さく細分化された役割しか与えられないことからくる没個性に人々は悩み始めていた。こういった背景もあって、このころのアメリカ文学では自己に関する主題が散見されるようになったと考えられる（スピラー 一四一三頁）。

ソ連が代表する共産主義の恐怖とヒステリックな赤狩りの姿は、植民地時代のピューリタンが起こしたセイラムの魔女狩りを想起させるものであることは、アーサー・ミラーの戯曲『るつぼ』（一九五三年）にも明らかに現れていることだが、マーシャル・プランやトルーマン・ドクトリンに現れる共産圏を積極的に囲い込もうとする姿勢は、インディアンの恐怖におののき共同体をインディアンから守ろうとするピューリタンの姿に重なるものがある。一九世紀リパブリカニズム時代にチャイルドが『ホボモク』においてピューリタン共同体を後にしたメアリ・コナントを描いたように、二〇世紀モダニズム時代のボウルズは、アメリカを後にしてアフリカの砂漠という荒野に旅立つアメリカ人夫妻の姿を描く。そこに共通するのは、チャイルドもボウルズも一七世紀に確立した捕囚体験記という文学ジャンルを用いて、閉塞した状況を打破しようとしている点にほかならない。

物語を追うならば、ポートはキットとの心の交流をはかれないままチフスにかかり、そのうえパスポートをなくしてしまうという災難にみまわれる。このパスポートの紛失は決定的な打撃をポートに与えることになる。自己存在に不安を持つポートにとって、自らの証明を象徴するのがアメリカ政府が発行するパスポートであった。だが、失われたパスポートを見つけた彼らの旅行仲間のタナーが、ポートの元にそれを届けてくれることになっていたのだが、キットと関係を持ったタナーを避けたいがためにポートはパスポートを受け取らないまま旅行を続け、自己を失う道を選ぶ。アメリカ人であることを捨てざるをえなくなったポートは、アフリカ大陸を奥へ奥へと進んでいき、次第にアメリカ人としてのアイデンティティを喪失してしまう。

移動を重ねるポートはキットとの関係も結局は修復することはできなかった。ついにポートが病の床についたときでさえも、キットは最後までポートの言葉を信用しようとはしない。

「キット、キット。僕は怖いんだ・・・でもそれだけじゃない。キット！　この数年間ずっと僕は君のために生きてきた――今もそうだ。僕にはわかっている！　でも君は遠くに行ってしまう」。ポートは寝返りをうち、腕を支えに起きあがろうとした。彼はキットの手をいっそう強くつかんだ。（中略）キットは思った。「ポートはただ怖いだけじゃないと言うけど、そんなことはないわ。彼は私のために生きたりなんかしなかった。絶対に。絶対に」。（一九三―九四頁）

ポートは結局、キットからの信頼を得ることもなく、自己をも失ったまま砂漠の真ん中で死んでいく。パスポートもなくアイデンティティを失ったまま、サハラ砂漠に永遠に捕らわれてしまったのである。

一方、ポートの死後ひとり残されたキットは異国の地で生き抜いていくが、そこにはつねに異種混淆《ハイブリディティ》があった。キットは砂漠を通りかかった商隊《キャラバン》を見かけ、一緒に連れて行ってくれるように頼んでしまう。この言葉も習慣もわからないキャラバンでは、キットはこれまでの彼女のすべてを失ってしまったかのように見える。このキャラバンの隊長であるベルカシムの愛人となることでキャラバンに受け入れられ、一七世紀にメアリ・ホワイト・ローランドソンが荒野でインディアン化していったように、キットは砂漠でアラブ化していくのである。ベルカシムに荒々しく地面に押しつけられてセックスをしたキットは、体中に棘がささってしまう。翌日にもキットの体にはその棘が残っていたのだが、「ベルカシムは彼女の肌にみみず腫れがあるのを見て、腹を立てた。彼女の白い肌に傷がついてしまったので、ベルカシムの悦びがおおいに台無しになってしまったからである」（二四八頁）と綴られる場面は、ベルカシムが白人の女に欲情することを示すだけではなく、キットの白い肌が失われ始めることを示唆している。というのも、この後すぐにキャラバンの目的地である村に着くや、キットはベルカシムに与えられた男性用の服を着用し、ターバンを巻いて髪を完全に隠し、胸にはさらしをきつく巻き、男装を強いられるからである。彼女の顔は、数週間におよぶ旅で日焼けしており、「驚くほどアラブ人の少年みたいだった」のである（二四九頁）。異人種との性交、肌の変化、男装による変装は、女性であるキットがしだいにそれまでとは全く違った自己形成を強いられることを示す。

男性であるポートは、異人種や異文化になじまないまま死んでしまった。だが、女性であるキットがこうまでも異文化の中に入り込んでしまったのは、ボウルズが白人男性以外の存在と異文化に共通するなにかを見いだしたからではなかったか。「女性」も「異人種」も白人男性にとって等しく「他者」であり、エキゾティシズムの対象だったからではないだろうか。ベルカシムは男装したキットのことを他の仲間たちに、「この青年は頭がふつうの状態ではないので、かまったり話しかけたりしないよう」と説明し（二五〇頁）、キットは狂った男性としてまかり通ることを強いられる。白人女性であったキットのアイデンティティが性交時以外はまったく失われてしまうこの状態は、彼女が目にした混沌としたアラブ人社会を反映しているかのようである。

後になって暗闇の中に一人残されたときに、彼女は通路や階段や踊り場の混沌とした状態を思い出していた。とつぜんベルカシムが持っていたランプに一瞬だけ照らされる自分の後ろに広がる暗い空間。月明かりに照らされて山羊たちが動き回る広い屋根、小さな中庭、かがまなければ通れない場所、そしてかがんでいても椰子の木の枝からぶらぶらと垂れ下がっている繊維が、彼女の頭に巻かれたターバンをかするような場所。（二五一頁）

ベルカシムによるキットの捕囚は、ベルカシムの妻たちによってキットが女性であることを暴かれたときに終止符を打つ。キットは鞄ひとつ抱えてベルカシムの家を後にした。それでも彼女の本当の意味での捕囚は終わってはいない。なぜなら、彼女はより大きな存在にとらわれているからだ。そして彼女はそこから抜け出ることはできないのである。

ベルカシムの家を出てからキットが出会ったひとりのアラブ人男性アマールは、キットがふと身をすくめたときに「なぜ怖がっているのか」と問いただす。怖いわけではなく頭痛がするのだと答えるキットに、アマールは「考えちゃだめ。それはよくないこと。頭は空と似てる。いつもその中であっち行ったりこっち行ったりする」（二七六頁）と答え、無限に見えるかのような空は、人を閉じこめる空間であることをほのめかす。「熱で白くなった鉄のドーム」のような空によるキットの捕囚がある限り、どこまで逃げてもキットには解放がない（二四七頁）。

キットの目の前に広がるのは、暴力的なまでの青空だった――それだけだった。いつまでも彼女は空に見入っていた。圧倒的な大音響のように、青空は彼女の頭の中にあるすべてを破壊し、彼女を麻痺させた。誰かがむかし彼女にこう話したことがあった。空はその向こうにある夜を隠し、空の下にいる人を彼方に横たわる恐怖から護ってくれるのだ、と。（二八〇頁）

「暴力的なまでの青空」はキットを囲い込んだまま、彼女のアフリカでの捕囚体験記を終わらせることはない。だからこそ、彼女はタンジールのアメリカ領事館によって救出され、タナーが彼女を迎えに来たその直前にそこを抜けだし、また一人タンジールの街をさまよい歩く。路面電車が終点についてUターンをして方向を変え、「そこが路線の終着点だった」という一文でこの物語が終わっていることは（二八五頁）、そこから先には行く先がないことを感じさせる。すでにインディアン化ならぬアラブ化してしまったキットには、みずからアフリカの空に囚われることによってしか、生きる道は残されてはいないかのように。

ハイブリッド・ロマンスの系譜は一七世紀にはじまったインディアン捕囚体験記による「他者な

るもの」の前景化に始まり、一九世紀に入りその領域を一気に拡大した。その一方で黒人奴隷体験記が特に強調したアフリカへの視線は、ハイブリッド・ロマンスがまさに異国憧憬《エキゾティシズム》と結びつくことを明らかにする。その土壌があったからこそ、モダニズムにおいてアフリカという場所が特権化されたときに——しかもそれはジョゼフィン・ベイカーに象徴されるようにアメリカ化されたアフリカでもあった——アメリカの文化的・政治的進出と軌を一にしたボウルズによるアラビアン捕囚体験記は、ハイブリッド・ロマンスをアフリカと交わらせることによって、非アメリカの土地へと想像力の領域を拡大させ、新たなロマンスを作り出したのである。

7◆アメリカン・ロマンスの岸辺で

異装のオリエンタリズム

ハイブリッド・ロマンスは現在もなおアメリカ文学を賑わせている。それは、驚くべき進化を遂げながら、文学ジャンルとしての淘汰を免れている。

村上春樹をはじめ、村上龍や吉本ばななどの現代日本文学が次々に英訳され、宮崎駿やポケモンのアニメがアメリカを席巻するなか、一九九七年一〇月に〈ニューヨーク・タイムズ・ブック・レビュー〉紙上で「歴史小説であり、おとぎ話でもあり、ディケンズ風ロマンスでもある」作品と評され、ベストセラーリストに名を連ねるのみならず、かのスティーヴン・スピルバーグ監督が映画化すると報じられた「日本」小説があった。白人男性であるアーサー・ゴールデンが満を持して発表したこのゲイシャ小説『さゆり』（原題『ある芸者の回想録』）は、現代日本もアニメも出てこない、ひとりの芸妓の女一代記である。

ジョン・ルーサー・ロングの『蝶々夫人』（一八九七年）をはじめとして、ジェイムズ・ミッチェナーの『サヨナラ』（一九五四年）、そして『さゆり』など、アメリカ人が日本について書いた小説についてわれわれ日本人が考えるとき、どうしてもそこで描かれている文化背景が「正しく」描かれているかどうかに注目してしまいがちだ。「よう調べてはる」（斎藤 一六面）、「嘘偽りのない日本の姿」（新元 一九〇頁）といった評価がまっ先に下されるのは、日本がこれまで長きにわたって紋切型《ステレオタイプ》によってのみ表象されてきたことの裏返しなのかもしれない。

だが、ここでわれわれがまず問いただすべきは、物珍しい日本を「正確に」描いた小説としての『さゆり』をどう評価するかではなく、アメリカ人作家によるアメリカ小説としての『さゆり』評価であろう。アメリカ文学史の中に『さゆり』を組み入れたときに、いったいそこに何が見えてくるのか――この問いは決して不毛なものではない。なぜなら、そもそもアメリカ文学において異人種と異文化の問題はその勃興期から存在しており、したがって「異人種小説」はアメリカ文学の原点ともいえるからだ。一九九〇年代以降、新たなアメリカ文学史の指標となるであろう『ケンブリッジ版アメリカ文学史』（全八巻を予定、二〇〇二年現在なお刊行中）では、第一巻が一五九〇年から一八二〇年までを網羅し、ラトガーズ大学のマイラ・イェーレンによる「植民文学（The Literature of Colonization）」で幕を開ける。コロンブスの日誌から始まるこのアメリカ文学史は、他者を発見し書き留めることによってそれを所有することを印象づける（一七―一九頁）。もちろん、コロンブスまで遡らなくとも、アメリカに移住してきたピューリタンがつねにアメリカ先住民であったインディアンとの間で緊張関係を持たざるを得なかったことは、インディアン捕囚体験記にも明らかだ。だからこそ「アメリカネス」と定義づけられるものは、必然的に多文化的な視点を持つことにほかならず、つねに「自己」と「他者」の間のアイデンティティの問題を意識してきたのではなかったか。

インディアンや黒人をはじめとする「他者」を描いてきた歴史を持つアメリカ文学において、一九世紀末より次第に脚光を浴びるようになった「日本」を描いたこの小説は、どのような意義をもっているのだろうか。『さゆり』はこれまでアメリカに根強く残っているフジヤマ・ゲイシャ・スシ・ハラキリといった日本文化に対するステレオタイプを払拭しているのか、あるいはむしろそうしたステレオタイプをさらに助長するものなのか。

1　アメリカン・ロマンスとしての『蝶々夫人』

プッチーニのオペラ『蝶々夫人』（初演一九〇四年）は、「ある晴れた日に」を唄いながら、愛する男の乗る船が港にやってくるのを三年もの間ただひたすらに待つ美しい日本人女性を描き、以後それが日本人女性に対する根強いステレオタイプとして西洋諸国に浸透した。だが、ここでもう一度蝶々夫人像を見直してみるならば、決して「おとなしいだけ女性」ではないことがわかる。オペラの原作となったアメリカ人作家ジョン・ルーサー・ロングによる『蝶々夫人』に描かれる蝶々さんからは、ひかえめな日本人女性というイメージがあまり見受けられないばかりか、どちらかといえばおしゃべりで行動的で、彼女からはステリックなほどの情熱的な女性像が浮かび上がる。

蝶々さんはひっきりなしに笑い、ブロークン・イングリッシュで話し、自分のことを日本語なまりの発音で「ベンジャメーン・フランガリーン・ピンカットン夫人（正しくはベンジャミン・フランクリン・ピンカートン夫人）」と呼び、家の中では「アメリカさんの言葉を話す」ように、女中のスズキにいいつける。ピンカートンが物語前半にて「コマドリが巣を作る頃に戻ってくる」と言い残して日本を去った後、蝶々さんに見合い話をほのめかすスズキに対して、彼女は抱いていた赤ん坊を「気にした様子もなくどさっと落と」すと、スズキの首を荒々しくつかんで次のようにまくし立て、スズキを黙らせる。

「こんど結婚のことを口にしたらおまえを殺してしまうよ。（中略）アメリカ合衆国じゃ、いったん

結婚したらずっと結婚してるんだから――ああ、いつまでも、永遠に!」(一一二頁)

また、ピンカートンが長崎に帰ってきたとしても、子供だけ連れ去って蝶々さんを置き去りにするだろうと言われた彼女は、自らアメリカ領事館に出向き、自分はピンカートンの妻であり、子供を奪われることがないことを領事に執拗に確認する(一二四―一三〇頁)。アメリカ領事は彼女の結婚がおそらく無効である――つまり蝶々さんがピンカートンの異国での愛人ではあっても正式な妻では決してないことに気づいてはいるが、蝶々さんのあまりの思いこみの激しさに真実を告げることはできない。

実際に一八八七年まで日本政府もアメリカ政府も日本人とアメリカ人の結婚を正式に認可していなかった。長年の嘆願の末に法律で許された国際結婚第一号となったのはロバート・ウォーカー・アーウィンとその妻いきの結婚だった(アーウィン 一一一―一一三頁)。アーウィンは三井物産創立当時の顧問となり、またハワイ国特命全権公使にもなった人物だが、彼がフィラデルフィアの名家の出身であり、祖先がアメリカ建国の父祖と呼ばれるベンジャミン・フランクリンであることも、偶然の一致とはいえ興味深いことだ。このアーウィン夫妻の孫娘、つまりベンジャミン・フランクリンの子孫の一人がアーウィン・ユキコというひとりの日本人女性であるという事実は、「アメリカ」という国家と人種がまさに切り離せない関係であることを象徴するだろう。

まさに「アメリカ」の象徴をその名に含むベンジャミン・フランクリン・ピンカートンの名前を嬉しそうに口ずさんでいた蝶々さんだが、次第に彼女はこの固有名詞をすぐには思い出せなくなってくる。それはアメリカ領事の前で自分の身分を明らかにしようとする蝶々さんが、「ベンジャミン・フランクリン・ピンカートン夫人」と言おうとするも、夫たる人の名前を口ごもるところに表れている。

「私はベンジャ・・・、いいえ！　フランガリーン・ベンジャメーン・・・いいえ、ちがうわ、ちがうったら！　そう、私は、ベンジャメーン・フランガリーン・ピンカットン夫人でございます。」（二一四頁）

彼女の記憶の曖昧さは、彼女の中ですでにピンカートンが実在の人物というよりも、「自分の人生を甘美なものにしてくれた」（二一四頁）ことだけで記憶に留められる、自分を愛するアメリカ人といっただけの存在へと変化していったことを示している。実際にピンカートン本人は、オペラの脚本とは違って、結局「コマドリが巣を作る頃戻ってくると言い残して」蝶々さんのもとを去って以来、一切小説中に姿を見せることはない。彼の正妻（金髪の白人女性）の存在や、蝶々さんに渡してほしいとアメリカ領事に託されたピンカートンからの手当金などから彼の存在がとりあえずは確認できるものの、蝶々さんはピンカートンに再会することはないまま、自ら命を絶つ。

ロンドンでのデイヴィッド・ベラスコによる戯曲版『蝶々夫人』を見たプッチーニが、ヨーロッパ的な主題から離れ、もっと国際的な題材を取り入れようとした結果、オペラ『蝶々夫人』の誕生となったわけだが、その際プッチーニはロングの持つ蝶々夫人の性格描写をかなり忠実に写し取っているように思われる。それは『蝶々夫人』を「心理ドラマ」と解釈している指揮者ジュゼッペ・シノーポリが「『蝶々夫人』には感情が爆発したり、突然、高揚する瞬間がたくさんありますが、ここに蝶々夫人の分裂的な性格がはっきりとあらわれています」とコメントしていることからも見て取れる（二〇頁）。だが、棄てられた美しき狂女という女性像は、必ずしも唐突に日本人女性に対してのみ当てはめられたイメージではない。

「自分の人生を甘美にしてくれた」人との愛情関係と裏切りというテーマは、アメリカ文学においては一八世紀末から一九世紀にかけて、煽情小説・感傷小説のかたちで、盛んに生産されていた。これまでにも本書ではリディア・マリア・チャイルドを中心に折にふれてこうしたアメリカン・ロマンスに言及してきたが、いまここで終章を記すにあたり、改めてその文学史的経過をまとめてみよう。

たとえば男にだまされた上に不実の子を身ごってしまうヒロインを描いたスザンナ・ローソンによる『シャーロット・テンプル』（一七九一年）やハナ・フォスターの『浮気娘』（一七九七年）から、ロマンスの読み過ぎで燃えるような恋を待っているうちに齢を重ね、男にだまされ、婚期を逃す老女を描いたタビサ・ギルマン・テニーの『ドン・キホーテ娘』（一八〇一年）、結婚する意志もない男にだまされた上に下男に変装させられる女性のエピソードが入ったキャサリン・マリア・セジウィックの『ホープ・レスリー』（一八二七年）に至るまで。第二章で詳しく論じた『反逆者』のヒロインであるルクレッツィアも、愛していたソマーヴィルは実は別の女性を愛していることを知る。彼女の場合はその後たくましく生き、幸せな結末を迎えることになるが、にもかかわらず恋愛関係で傷ついたヒロイン像を踏襲しているのである。

さらに一九世紀も後半になると、このジャンルに人種的な要素が絡む。センチメンタリティに訴えるこの物語構成は、黒人奴隷女性が白人男性に拐かされるなどの内容を含んだ「奴隷体験記」と呼ばれるジャンルへと吸収されることになる。そのもっとも有名なものは前章で取り上げた女性奴隷ハリエット・ジェイコブズの逃亡体験記『ある黒人奴隷娘の生涯に起こった出来事』である。さらにジェイコブズの体験記を編集し、序文をつけたチャイルドは、第五章で論じたように、混血奴隷女性が白人男性と結婚し子供までもうけたところで、実はその白人男性には白人の本妻がいたことがわかる『共和国ロマンス』を一八六八年に出版している。一九世紀末には、黒人女性作家フランセス・ハーパーが白人男性と混血黒人女性との間の恋愛を描いた『アイオラ・リーロイ』を出版し、いわゆる異種混淆ロマンスの系譜を形成する。

異人種に対する嫌悪と憧憬が一七世紀植民地時代にインディアンと白人入植者との争いを描いた「インディアン捕囚体験記」から始まるアメリカ文学の根底を貫いているとするならば、自分とは違う（自分と同じとは認めたくない）異人種への嫌悪とあらがえない魅力を同時に醸し出すエキゾティシズムは、感傷小説内部にあるセクシュアリティの問題を強調することで「だます白人男性、だまされる有色人女性」「棄てる白人男性、棄てられる有色人女性」という構図を作り上げた。異国で商隊の隊長の愛人となるも、そこを抜けだし異国をさまよい歩くヒロインを描いたボウルズの『シェルタリング・スカイ』は、こうした系譜を利用しつつ、アメリカン・ロマンスにおける人種的役割を逆転させている点で、より煽情的な物語となるが、やはりここでも人種の問題が絡んでくるところは看過できない。アメリカ文学に一貫して見られる異人種・異国への二律背反的な感情が、感傷小説としての『蝶々夫人』に引き継がれているという点で、エキゾティシズムあふれるこの作品は、確実にアメリカン・ロマンスの系譜に連なるものなのである。

だからこそ蝶々さんは、あたかもテニーの『ドン・キホーテ娘』の主人公ドルカシーナ・シェルドンのように、他人の忠告には耳も貸さず、名前さえすぐには思い出せなくなった男性に「愛されているはず」という妄想をいだき、チャイルドの『共和国ロマンス』の主人公ローザのように、夫と思っていた人の「正妻」を前にして愛する男性を諦めなければならない。『蝶々夫人』が示しているのは、エキゾティシズムとはアメリカン・ロマンスともっとも相性のよいテーマであったこと、と、なによりこの作品が人種とセクシュアリティを内包したアメリカン・ロマンスの正統な後継者であることにつきる。

2　日本、女性、ゲイシャ

アメリカン・ロマンスにおけるエキゾティシズムの対象が、アメリカ内部の他者であるインディアンから黒人へ、そして日本という東洋へとその範囲を拡大していったのは、一九世紀末のことと考えられる。それ以前のアメリカ文学の文脈では、「オリエンタリズム」というと一九世紀前半のラルフ・ウォルドー・エマソンやその他の超絶主義者の作品が示すように、主に思想面におけるギリシャや中東、インド、中国を連想させるものだった。ジャポニズムというかたちで、日本という極東の国がアメリカでもてはやされるようになったのは、児玉実英氏の指摘によれば、一九世紀の後半、具体的には一八六〇年に日本からの遣米使節団が到着した時から始まる（六一頁）。その後一八六六年頃から日本の文物がアメリカに持ち込まれるようになるが、このころから日本美術への需要が増え、そのため来日して美術品を買い付けるアメリカ人が増えたといわれている。その日本美術が大量に集まったのは、一八七〇年に設立されたボストン美術館である。たとえば一八七七年に初来日し、大森貝塚を発見したエドワード・モースは四千点以上の日本陶磁器のコレクションをボストン美術館に寄贈し、同美術館の日本コレクションの基礎を築くことになった。そのモースの後輩であったアーネスト・フェノロサとともに日本の美術品を購入したボストン名家出身の医師ウィリアム・スタージス・ビゲロウは、五万点を越える日本および中国の美術品をボストン美術館に寄贈している（小林 一九―二二頁）。同じくボストン美術館の日本コレクションの貢献者のひとりに、アメリカの国民的詩人であり、かつボストン知識人を代表するかのヘンリー・ワズワース・ロングフェローの息子、チャールズ・ロングフェローがいた。チャールズは一八七一年に来日し、一年八ヶ月を日本ですごし、その様子を父親や妹に手紙で書き送っている。チャールズの日本びいきは帰国後も続き、マサチューセッツ州ケンブリッジの自宅の居間を「ジャパン・ルーム」に模様替えした。見上げれば天井は扇で装飾され、扉には和風のプリントがなされ、その上には富士山の山水画が飾られている。その後彼がアメリカに持ち帰った日本の壺などを、ボストンの芸術的パトロンであった叔父のトマス・ゴールド・アプルトンに贈与したため、一八八四年のアプルトン死去に伴い、ボストン美術館に彼の日本コレクションが寄贈されたという経緯がある（レイドロウ 三四頁）。つまり、一九世紀末にすでにボストン美術館には、かなりの量の日本美術コレクションがあったということになり、美術館を通じてジャポニズムの影響をより多くの人が受ける機会が広がったはずである。

その中でも一般大衆にまで浸透したものとして、児玉氏は服飾の中のジャポニズム、つまりキモノの受容に関して詳細に説明している。イギリスのオペレッタ『ミカド』（一八八五年上演）以降、仮面舞踏会などの流行により、キモノの人気はヨーロッパ、アメリカに広がり、さらにプッチーニ

1896年、イギリスのデイリー・シアターで上演された歌劇「ゲイシャ」のポスター

のオペラ『蝶々夫人』によってキモノ・ドレスの認識と普及が促進された。アメリカのカタログ販売にも登場したというキモノは、女性のガウン、ドレスとして大いに流行していたのである（児玉二六―三一頁）。つまり、アメリカにおけるジャポニズムは日本女性とキモノに代表される側面を持ち合わせていたといえよう。

　そして日本女性にもうひとつまつわるのが「ゲイシャ」のイメージである。エレノア・アンダーウッドの『ゲイシャの生涯』では「ゲイシャ」は一八五〇年代に西洋に日本が門戸を開いて以来、「フジヤマ」や「サクラ」とともに日本を象徴する言葉であったことが記されている（一〇頁）。実際、ロングの蝶々さんははっきりと「ゲイシャ」と描写されているわけではないが、蝶々さんの殿方を立て、殿方を待つ姿勢は、男性を楽しませるエロティックなイメージを持つ「ゲイシャ」と重なり、ひいては日本女性に対するステレオタイプへと転化していく（ただしプッチーニのオペラでは、蝶々さんは芸者であったことが明らかになっている）。このように蝶々夫人、キモノ、ゲイシャといった日本という国のイメージが醸し出すエキゾティシズムをそそるアイテムは、すべて女性に関するものであり、女性化される日本像はすでに二十世紀初頭には完成していたとみてよい。

　エドワード・サイードはかつて「西洋が男」で「東洋が女」と解釈する文化的約束事については、西洋によって東洋は豊穣さ、性的な期待（あるいは脅威）、官能性、あるいは女性的非浸透生などを表象すると論じた（一八八―二〇七頁）。アメリカのジャポニズムにおいて、日本文化を象徴するアイテムが上記のように女性にまつわるものが顕著であったことは、こうしたサイード流のオリエンタリズムのもっとも素直な形として理解されよう。『蝶々夫人』が従来のアメリカン・ロマンスが内包するエキゾティシズムに「ジャポニズム」という東洋趣味を加味した結果、日本＝女性＝ゲイシャと連なる図式がアメリカに定着したことは否めない。

3　百年後のゲイシャ論争――アーサー・ゴールデンの『さゆり』を読む

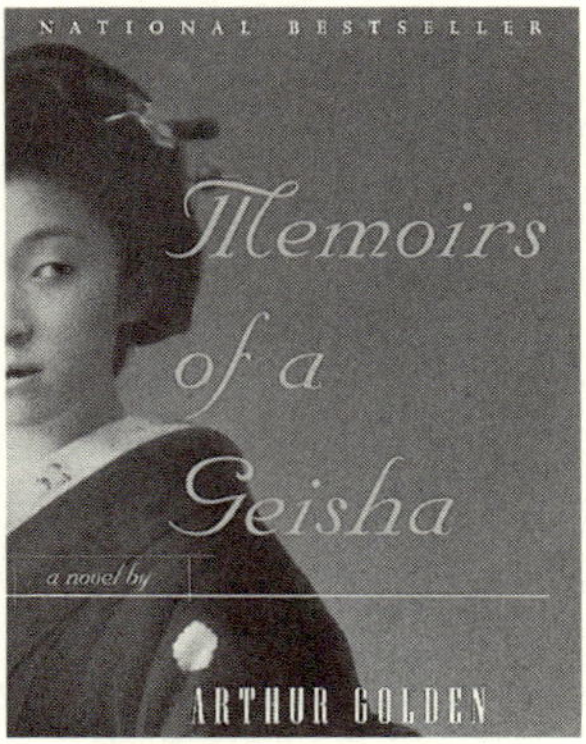

ヴィンテージ・コンテンポラリー版『さゆり』の表紙。瞳がうすい青で着色されている。

二十世紀後半になると、しかし日本のイメージはさまざまに変化していった。たとえば『ガン・ホー』（一九八六年）や『ライジング・サン』（一九九三年）などのハリウッド映画に見られるような経済的支配者としての日本、ウィリアム・ギブスンのSF小説『ニューロマンサー』（一九八四年）や映画『ブレード・ランナー』（一九八二年）に見られるオリエンタル・ハイテク都市としての日本といったぐあいだ。さらに九〇年代に入ると、サイード式の「西洋対東洋」の図式では説明できない、ヘテロセクシュアリティとホモセクシュアリティが混在する日本を描いたアラン・ブラウンの『オードリー・ヘップバーンのうなじ』（一九九六年）と日本人が逆に西洋文学をポルノ化するマイケル・フジモト・キージングの「赤毛のアンナちゃん」（一九九六年）が奇しくも同じ年に発表されていることに象徴されるように、アメリカ文学・文化において、ネオ・ジャポニズムとでも呼べる日本への新たな視点が作られているかに見えた。

だが、ロングの『蝶々夫人』からちょうど一〇〇年後の一九九七年に、こうしたネオ・ジャポニズムとはまったく逆行するかたちのゲイシャ小説として書かれ、ベストセラー・リストに名を連ねたのが、アーサー・ゴールデンの『さゆり』であった。この作品は今はアメリカで茶屋を開く「さゆり」と名乗る芸者が、これまでの自分の波乱に満ちた生涯を、「ニューヨーク大学アーノルド・ルーソフ講座教授(日本史)、ヤーコプ・ホールハイス」氏という架空の日本史学者に語るという体裁を採っており、その口述筆記を元に構成されたという設定になっている(四頁)。

物語は日本海に面する鎧戸という貧しい漁村から始まる。九歳になる千代は貧しい漁村に生まれ、漁師を営む父と病気で伏せるようになった母、姉の佐津と崖っぷちに立った「ふらついている家」に住んでいた。あるとき、町で羽振りの良い身なりも立派な田中という男に出会う。田中は日本人には珍しい千代の「澄んだ灰色」の瞳に興味を持ち、あれこれ世話をやいてくれることから、千代は田中の養女になれるのかもしれないという淡い期待を抱く。だが、田中は娘たちの父親に、千代と佐津を京都の屋形(置屋)へ売る話をつけていたのである。見知らぬ男に連れられ、千代は初桃という売れっ子芸妓を抱えた新田という屋形へ、佐津はなんと祇園のはずれの女郎屋へと連れて行かれ、姉妹は離ればなれになる。金勘定にうるさい「おかあさん」が営むその屋形で千代を待ち受けていたのは、連日のように続く厳しい仕打ちだった。

千代は脱走を試みるも失敗し、さらに厳しい生活を強いられた。芸妓になる望みも絶たれ、一生を下働きで終わるかと思われたそのころ、使いで町に出た千代が生活のつらさに思わず涙ぐんでいると、身なりの良い優しそうな男性に声をかけられる。「会長」と呼ばれるその男性への淡い想いが芽生えた直後、初桃の最大のライバル、祇園でも評判の芸妓である豆葉から千代を自分の妹分にして芸妓の特訓をさせて欲しいという申し出があり、千代の人生が大きく変わることになる。そう、彼女は芸妓「さゆり」として祇園に大輪の花を咲かせたのであった。

主に第二次世界大戦前の京都は祇園に生きる芸妓さゆりを描いたこの小説では、主要登場人物はすべて日本人が占めており、舞妓の稽古、芸妓同士の花代の競い合い、着物の選び方、座敷での男性のあしらい方、果ては芸者の水揚げオークションにいたるまで、あたかも英訳された日本小説を読んでいるかの錯覚を覚えるほどだ。ミチコ・カクタニは一九九七年一〇月一四日付の〈ニューヨーク・タイムズ・ブック・レビュー〉紙において、「ゴールデン氏は読者に感情移入しやすい女性を描いてみせたのみならず、ふつうでは見られない、今やほとんど消えてしまった世界を巧みに観察し、描き出したのである」と評し、読者がこの本によって「若い芸妓の初夜が一番高い値をつけた人にどのように競り落とされるかであるとか、金持ちの『旦那《ダンナ》』がどのように一番人気の芸妓を獲得するのかといったことを知る」と、全体的にゴールデンが映し出したゲイシャの世界に賞賛を贈っている。同じ年の一〇月五日付〈ニューヨーク・タイムズ・ブック・レビュー〉紙に掲載されたジョン・デイヴィッド・モーリーによる書評も、さゆりの人物描写に物足りないところはあり、自叙伝ではなく伝記形式にしたほうが良かったかもしれないとしながらも、花代の計算の仕方など細部を書き込んでいることで小説が豊かになっていると評している。

では、日本においての評判はどうだったのだろうか。二〇〇〇年一月九日付『朝日新聞』の書評欄では斎藤美奈子が「男の視点で書かれた日本産の花柳小説のむこうを張る女性小説のゲイシャ小説！」、「書きはったのはアメリカ人の若い男はんどすのんやろ、そんな外のお人に日本文化の何がわかるのえ、という陰口も聞こえてきそうだが、それは見当違いというものである。外部の人の緻密な調査力と想像力は、内部の人の怠慢と知ったかぶりを凌駕する」とそのおもしろさと調査力に太鼓判を押している。

だが同時に、この小説に対して激しい抗議を唱える書評もあった。その代表格が前述したマイケル・フジモト・キージングである。キージングは『新潮45』に発表した書評で『さゆり』を完膚無きまでに叩きのめしている。

そりゃ、この小説は、ニセモノの浮世絵とか『将軍』みたいな小説の、直接的で遊びの心のない『古典的』なのぞき趣味とは異なるさ。（中略）『さゆり』はずっと狡猾で油断ならないのさ。またぞろのぞき趣味の新ブランドを開拓しているからね。それは他者への好色な視線をまがい物の共感で覆い隠した、**ポストコロニアル的、ＰＣ的感性にもとづく覗き趣味。**だから、騙されちゃいけない。（強調原文　一三六頁）

同様に、『イエロー・フェイス』などでハリウッドにおけるアジア人の表象をめぐる優れた論文を発表している村上由見子氏は、〈ジャパン・クオータリー〉誌に発表した英語論文「ハリウッドのつり目」において、「ゲイシャなどの例が示すような日本に対するハリウッドの視線というものに、日本人たちはがっかりさせられてきた」と（五四頁）、アジア人がハリウッドでいかにステレオタイプ化された表象に甘んじてきたかを論じ、こう結んでいる。

わたしたちにはエキゾティックなゲイシャや悪意に満ちた重役なんかもうこれ以上いらない。私たちが必要としているのは、ステレオタイプや文化的な溝を克服するような、正しく健康的な笑いなのである。（六二頁）

キージングが指摘しているように、『さゆり』には登場人物として日本人しか出てこないばかりか、西洋的な視線を体現する人物を作品中から消し去っているため、あたかもアメリカ人が書いた「日本文学」の様相を呈しており、まさにその戦略ゆえに、「ステレオタイプを助長する」といった非難を免れていると考えることもできよう。作品内には日本人男性と日本人女性、ないしは日本人女性どうしの関係しか見えず、オリエンタリズムやエキゾティシズムが露呈する国をめぐる権力関係が消失しているようだ。『さゆり』はこれまでとは全く違うタイプの小説なのだろうか。オリエンタリズムにつねにつきまとう、「西洋が男」で「東洋が女」といったステレオタイプの限界を超えることは出来るのだろうか。これは単に日本をエキゾティシズムの対象として取り入れたジャポニズム小説ではなく、もはや日本文学と言っていい作品なのだろうか。

4　異装のオリエンタリズム

アメリカン・ロマンスはエキゾティシズムを内包する度量を保ちながら発展してきた。そのエキゾティシズムの源泉は、他者を取り込もうとする姿勢、すなわち異人種への憧憬と嫌悪であったことはすでにふれた。『さゆり』では確かに、すべての登場人物は日本人であり、『蝶々夫人』に見られるような文化的差異を明らかにする描写はみあたらない。だが、ここでさゆりを特徴づけている彼女の身体描写に注目してみれば、ゴールデンが描いた「日本女性」さゆりが、その人種的曖昧さを帯びていることに気がつかざるをえない。

さゆりを姉の佐津や他の芸者たちからひときわ際だった存在たらしめているのが、彼女の瞳の描写である。「日本ではまず見かけない変わった目」をしていたさゆりの目は「澄んだ灰色（translucent gray）」をしており、それは母親譲りのものであった（九頁）。「鏡のような（color of mirror）」「きらっと光る灰色（sparkly gray）」（六〇頁）の目は、「この目ぇ見とおみやす」（九七頁）と衆目を集めるものであることが繰り返し強調されている。さらには祇園一の売れっ子芸者である豆葉がさゆりの目の色を次のように確認する。

「めずらしい目ぇしてはる。錯覚かと思うたけど。なあ、たつ美さん、この色どういうたらええのやろ」

お供の女も引き返して、しげしげと私（さゆり）を見ます。「へえ、青い灰色（blue-gray）どっしゃろか」

「そや、まったくその通りやわ。ほな、こんな目ぇの子が、祇園になんぼいてはるやろなあ」（一一八頁）

本文中いくどとなく繰り返される日本人離れしたさゆりの目の描写は、ヴィンテージ・コンテンポラリー版『さゆり』の表紙に瞳をうすい青で着色された芸者の写真を使うことで、ますます読者の印象に深く残ることになる。

青灰色の瞳を持つ芸者。さゆりが故郷鎧戸では町からはずれた、海風に吹きさらされる崖っぷちのちっぽけな家に住んでいたこと、そして多くを語らない父の後妻として嫁いださゆりの母もまた、おなじように薄い目の色をしていたこと。さらに、母親はさゆり同様「水の性分」であり「所をかえてさらさら流れ、どこへでも隙間を見つけていく」性格だという描写をも併せて考えると（九頁）、さゆりの母親がその土地の出身ではない――あるいはもしかしたら日本の出身ではないことさえほのめかされているように思われるのだ。さゆりが西洋人女性と日本人男性の間に生まれた子供だったとしたら？　そしてその人種混淆のさゆりが両親から引き離され、身売りされてしまったとするならば、この小説は一気にアメリカン・ロマンスの様相を帯びることになる。

ここで参考となるのは、前述した〈ニューヨーク・タイムズ・ブック・レビュー〉紙に掲載されたふたつの書評だ。そのどちらもが、さゆりが屋形に身売りされたことを「奴隷の身分として売られた（sold into slavery）」と表現している。奴隷制度がアメリカにおいて人種的階級として存在していた事実は、さゆりが日本人にとっての他者、異人種――つまり西洋人であったかもしれない可能性を考えさせる。つかまった奴隷がなんとかして脱走を試みて自由州を目指す奴隷体験記の伝統よろしく、さゆりが屋形からの脱走を試みるくだりは、やはりこの小説がアメリカ文学において人種的な混淆やセクシュアリティの問題をはらんだ奴隷体験記・捕囚体験記というジャンルを踏襲していることを物語る。本書においてチャイルドからボウルズにいたるアメリカン・ロマンスの系譜を繰り返し強調してきたことは、現代のゲイシャ小説『さゆり』を解釈するのにも不可欠なのだ。

なぜなら西洋の血を引くかもしれないさゆりの日本人女性としての人種異装《パッシング》は、白人と同じくらい白い肌を持つ黒人が、白人として世の中を渡っていくというアメリカ文学において頻繁に取り上げられる基本的モチーフと通底するからだ。

ロングの『蝶々夫人』は、アメリカ人と日本人という人種的差異を出すことで西洋人が持つオリエンタリズムを露呈してしまうが、一方ゴールデンの『さゆり』はさゆりの人種異装によって、すくなくとも物語内部の登場人物の文化的差異から生じるエキゾティシズムが巧みに回避されているように見える。だがそれならばなぜ、さゆりは黒い瞳ではなく青灰色の瞳をもっているのだろうか。繰り返し用いられる、彼女のめずらしい青灰色の瞳は多くの男たちをひきつける役割を担い、ついにはさゆりを表す記号となっていく。彼女を初めてみた検番の淡路海は、「ほう、わしの目の錯覚かと思った。こんな別嬪を連れてきたなら、初めからそうと言ってくれればいいものを。この子の目は・・・鏡のような色だ」（六〇頁）と褒めそやし、そこにいた初桃の不興を買う。さらに、さゆりの瞳に惹かれたのは、のちにさゆりの旦那になろうかというほど彼女を気に入った、「会長さん」が会長を務める電気会社で社長のポストに就いている延俊和である。彼はさゆりの前で豆葉と次のような会話を交わしている。

「（さゆりという名は）うまいこと名前と実体が会っているわけだね。豆葉よりも美人になるんじゃないか」
「よう言わんわ。二番目以下やと言われて、喜ぶ女はいてしまへんえ」
「とくに豆葉は、か？　しかし、覚悟はしておいたほうがいいぞ。なにしろ、こんな目をした奴だからなあ。そら、さゆり、もう一回こっちをむいて、よく見せておくれよ。（中略）ふうむ、光が薄くゆらめくとでも言おうか。たまげた目だね」（二〇一頁）

「日本人ではまず見られない」瞳に惹かれる男たちは、さゆりに「自分たちとは違ったなにか」を感じている。つまり、花柳界という日本文化の奥にひそむ青灰色の瞳は、日本にはないものに憧れる日本人が持つ西洋趣味《オクシデンタリズム》を刺激するものではなかったか。

さゆりの瞳はさゆり本人を表すものとなり、日本において彼女のアイデンティティそのものになっていったのである。さゆりがその出会いからずっと密かに想いを寄せ続けてきた会長が、豆葉に「驚くような灰色の目をした子（a beautiful young girl I'd met, with startling gray eyes）に出会ったが、同じ祇園のことだ、どこかで見かけるようなことがあったら応援してやってくれ」（四一二頁）と頼んでおり、豆葉がその希望に従い「灰色の目をした子」を探したのである。ここでは瞳はさゆりそのものであり、日本人が異文化、とくに西洋文化にもつエキゾティシズムとして描かれていると考えられよう。だが、小説中で彼らは自分たちがなぜその瞳に惹かれるのかを考えたりはしないし、さゆりに異人種の血が入っている可能性を疑うこともない。さゆりは京都弁を完全にマスターしたように（彼女は生まれも育ちも京都であったと誤解されている）、彼女は日本人芸妓であることを完全にマスターしている。

芸妓であるさゆりは、当然のことながら日本人のオクシデンタリズムを刺激するだけの人物ではない。物語の最後にはさゆりは「会長さん」との間に子供をもうけ——これもまた煽情小説にあるような不実の子を身ごもった女性の物語のヴァリエーションである——その子を連れてアメリカに渡り、ニューヨークで茶屋を開いたことが記されている。さゆり自身が「黄色いタクシーがクラクションを鳴らしてすっ飛ばしたり、ブリーフケースを持った女の人たちが唖然としたように私を見ますよ。小柄な日本人女性がキモノを着て街角にいるんですからね」(四二八頁)と語るように、彼女はまた、アメリカではオリエンタリズムの対象となる。そしてそのオリエンタリズムはさゆりの異装の上に成り立っていることに気づく者はいない。

オクシデンタリズムの対象となる日本の花柳界における青灰色の瞳と、オリエンタリズムの対象となるニューヨークのど真ん中でのキモノ姿が、さゆりの中で矛盾することなく存在している。彼女が醸し出すオリエンタリズムが異装からくるものだとするならば、いまも繰り返しさゆりの声を録音したテープを聞いてはさゆりをなつかしんでいるホールハイス教授なる人物は、オクシデンタリズムが溶かし込まれた異装のオリエンタリズムを愛してやまない人物ということになるだろう。彼がそのことに気づかないのは、彼が懐かしんでいるのが彼女が完璧にマスターした京都弁を話す声だけの存在と化しているからだ。ニューヨーカーたちは、彼女の美しいキモノ姿に目を奪われはするものの、彼女の瞳の色が意味することを知ることはないだろう。

ゴールデンは『さゆり』によって、アメリカでゲイシャ・ブームをおこした「震源」と報道されている(〈アエラ〉一九九九年四月一九日号)。たしかに、『さゆり』は日本人でさえ不明瞭な花柳界をつぶさに調査し、日本人でさえオリエンタリズムを感じてしまいかねない戦前の芸妓の世界を描く。しかしさゆりが彼女の青灰色の瞳を持ちながらも日本人女性としてすべての人をだましおおせている限り、この小説は異装するオリエンタリズム小説として、エキゾティシズムを常に内包してきたハイブリッド・ロマンスの正統な後継者として位置づけられるべきであろう。人種異装をアメリカ文学の本質的なお家芸とするならば、ゴールデンはその新たな後継者といえる。オリエンタリズムのステレオタイプであるゲイシャを真正面から、おそらくは「正しく」描きながら、彼はさゆりが生み出すオリエンタリズムを密かに裏切り続け、新たな時代のアメリカン・ロマンスの到来を告げている。

あとがき

　今から一二年前、文学部二年生になって晴れて英米文学専攻に進んだ一九歳のわたしは、アメリカ文学の古典をほとんど読んでいなかった。サリンジャーが好きなだけで英米文学専攻を選んだわたしにとって、アメリカ文学史の授業は未知との遭遇にほかならなかった。知らない作家、名前は知っていても読んだことのない作品であふれていた。ホーソーンといえば『緋文字』を読んだことがあったくらい（しかも和訳で）、ポウといえばコナン・ドイルのような推理小説作家だと思っていたし、メルヴィルの『白鯨』など、本の厚さを見ただけで読む気もおこらなかった。

　まっさらな白紙状態《タブラ・ラサ》のまま、といえば聞こえはいいが、つまりはどうしようもなく無知なまま大学三年生になってしまったわたしは、卒業論文の研究対象を決めるときに、はたと困ってしまった。「サリンジャーを卒論で扱いたいんですけど」とおそるおそる告げたわたしに、ゼミの先生があっさりとこう宣告したからだ。「もうゼミでやっている人が二人もいるからなあ。他の作家にしてみたら？」そんな、他の作家なんてあまり知らないのに・・・。

　しかし、いま考えればあの一言が現在のわたしの研究を導いたのだと思われてならない。わたしは泣く泣くサリンジャーに別れを告げ、たまたま読んだ一篇の不思議な短篇小説——「あなたはわたしではない」——の作者であるポール・ボウルズを中心に卒業論文を執筆することを決意した。たった一回のお見合いで結婚を決めてしまうような安易な決心だったけれども、当時文学史にもろくに拾われていなかったこの「亡命作家」は、他の「古典作家」たちの作品とは確実に違う異彩を放っていたように、二十歳のわたしには思われたのだった。「へぇ、ボウルズやるの、センスいいじゃない」とゼミの先生におだてられて気を良くしたのも、ボウルズを選んだ理由のひとつだということは、恥ずかしいのであまり人には言っていない。一九九〇年代の初頭は、ちょうど越川芳明氏や四方田犬彦氏らによるボウルズ紹介、今福龍太氏のクレオール文化論などが華やかなりし頃で、わたしがこの作家に惹かれたのは、まさに文学・文化研究が主流から変流へとシフトする時代思潮の流れに無意識に身をまかせていたからであろうか。

ゼミに入ったばかりの大学三年生の夏から一年間、慶應義塾派遣交換留学生として米国オレゴン大学に留学したわたしは、さまざまな授業を通じて、アメリカ文学における主要な作家・詩人・劇作家の作品をひととおり読む（あるいは、読まされる）機会に恵まれた。当時アメリカ文学史の授業で使っていたのは、カリフォルニア大学リヴァーサイド校教授のエモリー・エリオットがジェネラル・エディターとなっていた二巻本のプレンティス・ホール版『アメリカ文学アンソロジー』だった。いまにしてみればこのアンソロジーは、いわゆる文学作品だけではなく、インディアンの口承物語に始まり、旅行記、ピューリタンの日記、ローランドソンの捕囚体験記などが収録されており、当時のアメリカ研究を反映した最も先鋭的なセレクションになっていたのだが、当時のわたしがそのような高品質を意識できるはずもない。

リディア・マリア・チャイルドの名を知ったのも、留学中のことだった。文学史担当の先生がアンソロジーに収録されているチャイルドの作品とは別に、『ホボモク』を必読図書として生徒に課し、ただでさえ膨大なリーディング・アサインメントについていくのがやっとのわたしは、睡眠時間を削って眠い目をこすりながら、このインディアン男性と白人女性の恋愛物語を一晩かけて読み終えた。そして読み終えたときわたしは、静まりかえった明け方の寮の一室で、おもわず叫んでいた。「なんじゃこりゃ～！　なんちゅう身勝手な作品なの？」

話の作りに関していうならば、決してよくできた小説とはいえない『ホボモク』の世界に、こうも感情移入してしまったのは、なぜだったのだろう。果たしてわたしが感情移入したのはインディアン男性のホボモクだったのか、白人女性のメアリだったのか。そのときわたしが何を思って読んでいたのか、すでに定かではない。ただ、お涙頂戴満載であるこの作品を——正直に告白してしまうなら——ものすごく楽しんで読んでしまったことを覚えている。大学院に入り、修士論文には「死んだ作家を選んだ方がよい」というアドバイスを受けた。当時まだ存命中だったボウルズではなく別の作家を選ぶときになって、チャイルドの名前が真っ先に思い浮かんだのは、こうした事情による。

ボウルズとチャイルド。アメリカ文学史においては主流ではないという以外、何の接点もないかのように見えるふたりの作家は、ほぼ同時期にわたしを魅了した。その理由を自分なりに探した結果が、この『ハイブリッド・ロマンス』ではないかと、思う。わたしが理由もわからないままに惹かれたふたりの作家を結びつける線を見つけるのには、一〇年という時間が必要だった。

すこしずつ手探りでうろうろとアメリカ文学の岸辺を歩いているうちに、波にさらわれたわたしは、アメリカン・ロマンスという大海で溺れてしまった。しかもわたしが魅力的だと思う作品は、かならずしも主流の「古典」作品ではなく、たいていの場合は通俗でジャンクな作品であった。しかし、そこからアメリカ文学を見直してみたとき、それまでつまらないと思っていた古典作品までもが、俄然きらめきをまして見えるようになったから不思議なものだ。したがってこの一〇年の間に、印象がまったく変わった作品も少なくない。ホーソーンもポウもメルヴィルも、「面白い」と心の底から思えるようになったのは、正直なところここ数年のことだ。あまりにも回り道をしすぎたかもしれないが、おかげでわたしもすこしは進化したようだ。その結果としてわたしの内部の混沌《ハイブリディティ》を増すことになったのかもしれないことは、さておくとしても。

本書は、二〇〇〇年に慶應義塾大学大学院文学研究科に提出された博士号請求論文が原型となっている。わたしが慶應義塾大学・大学院で過ごした一〇年間の集大成ともいえるこの博士論文は、提出以前にすでに発表していた論考に大幅な加筆改稿を加えたものであったが、今回の単行本化にあたり、さらに抜本的な改稿を施した。研究期間が長きに及んだため、謝辞を捧げるべき方々は多岐にわたる。

第一章の構想は、一九九七年に慶應義塾大学で開催された日本アメリカ文学会全国大会の研究発表が原型となっているが、その際、司会の労をとって下さった同志社大学の林以知郎先生には、たいへんにお世話になった。またこの発表はその後、二〇〇二年に刊行された國重純二教授退官記念論文集『アメリカ文学ミレニアム I』（南雲堂）に収録された論考へと発展するが、今回さらにその根本から練り直している。

第二章の初出は巽孝之・渡部桃子編『物語のゆらめき』（南雲堂）に収録された論考を原型とす

る。私がチャイルド研究を始めたころは（そして今でも）、チャイルドの一次資料を手に入れること自体がかなり難しかった。当時リプリント版がなかった『反逆者』と『共和国ロマンス』を、オレゴン大学ナイト図書館で借り、わざわざ日本まで届けてくれた友人ミナ・ピアース・シモムラ氏がいなければ、本章および第五章の執筆はありえなかった。

第三章は、一九九七年に日本アメリカ文学会東京支部一九世紀散文分科会（現・近代散文分科会）で発表した後（司会は東京学芸大学助教授〈現・中央大学教授〉高尾直知氏）、『アメリカ文学研究』三五号（一九九九年）に掲載された論文が原型となっている。分科会での質疑応答では、明治大学教授・牧野有通先生がキャロリン・カーチャーの論とわたしの論をていねいに比較し、コメントをくださった。のちにカーチャー氏が来日した折、明治大学にて開催された講演会にお声をかけていただき、チャイルド研究を志す者として貴重な時間を過ごすことができた。

また、今年の四月に逝去された慶應義塾大学名誉教授・安東伸介先生と、慶應義塾大学助教授の河内恵子先生には、特に第四章の原型となった第七一回英文学会全国大会での研究発表に関して（一九九九年五月二九日、於・松山大学）、草稿の段階から貴重なご助言をいただいた。発表直前には、ともに大学院時代を過ごした高橋勇氏や、白鳥義博氏、佐藤光重氏、常山菜穂子氏らと、発表原稿を相互にピア・チェックしたおかげで、論旨がより明確になった。

本書の中核をなす第五章の原型となった論考は『ユリイカ』一九九六年七月号（マーク・トウェイン特集）に掲載された。トウェインの専門家でもなんでもないわたしに声をかけて下さった元・編集長である須川善行氏には、草稿段階から細かい指摘をいただいた。この後、アメリカン・ロマンスににわかに意識的になっていたわたしだが、博士論文執筆中の一九九九年度に、東京都立大学教授・折島正司先生が慶應義塾大学大学院にて行ったナサニエル・ホーソーンの四大ロマンスを徹底的に読む演習に参加できたことは、本書にも少なからぬ影響を与えている。

第六章は、博士論文執筆の際に書き下ろしたものである。英語論文のかたちで慶應義塾大学英米文学専攻が発行する同人誌『コロキア』二一号（二〇〇〇年）に掲載されたが、今回日本語に直すにあたり、新たな資料を参照したうえで加筆した部分がある。博士論文の中では一番新しい章ではあるが、ボウルズを捕囚体験記で読むという基本的構想は、私が留学から帰国直後の一九九二年、文学部三年の折に初参加したゼミ合宿で行った研究発表にまでさかのぼる。二〇世紀のボウルズと一七世紀の捕囚体験記を理論的に結びつけるにはほど遠い発表だったが、ゼミの先生は「面白いヤツ」と思ってくださったようで、さまざまなご助言をいただいた。また、ハリエット・ジェイコブズやフランシス・ハーパーを始めとする奴隷体験記に関する興味を抱いたのは、東京都立大学助教授・宇沢（富島）美子先生が一九九四年七月に埼玉大学で行った、一瞬たりとも飽きる暇もないほど密度の濃い集中講義に参加させていただいたことに端を発する。

第七章の原型は、博士論文提出後に『三田文学』（二〇〇〇年秋季号）に発表した『さゆり』論である。「作家たちのアメリカ」という特集だったにもかかわらず、どうしても「アメリカ人作家が見た日本」というテーマになってしまった本論の掲載を許してくださったのは編集長の加藤宗哉氏である。

本書の執筆のみならず、研究生活全般において感謝すべき方々は数多い。

慶應義塾大学名誉教授であり、現・東京家政学院大学教授の山本晶先生の確かな教養に裏打ちされたご講義を、学部・大学院を通じて拝聴できたことはたいへんな幸運であった。多岐にわたる興味を持ち続ける大切さを教えてくださったことは、なにものにも代えがたい。

つねに啓発的な論旨で読者を圧倒するフェミニスト批評家・小谷真理氏は、公私にわたり常にわたしをあたたかく見守ってくださった。何気ない話題にも鋭い思考が見え隠れする小谷氏との会話は、今もこれからもわたしを啓蒙し続ける。

サリンジャー以外の作家を探すチャンスをくださり、このあとがきでも何度となく言及してきた「ゼミの先生」——慶應義塾大学教授・巽孝之氏は、一〇年以上にわたり、時には叱り、時にはなだめ、時には黙って、わたしがみずからの欲望のおもむくままに、文字通り混沌の海に泳ぎ出すのを見守ってくださった。溺れて沈みそうな私の目の前には、いつもいつの間にか救命道具が浮かんでいた。私がなんとか、変流にそって混沌をくぐり抜け、どこかの岸辺にたどりついていたとしたら、それはすべて巽先生のご指導によるものである。

前述のように、本書はわたしが慶應義塾大学に提出した博士論文が原型となっている。その博士論文を審査してくださったのは、前掲巽先生に加えて、筑波大学助教授の今泉容子先生、そしてサンディエゴ州立大学教授のシンダ・グレゴリー先生である。今泉先生との二時間以上におよぶ口頭試問において賜った目が覚めるような的確な指摘は、本書を記すにあたり大きな助けとなっている。またグレゴリー先生がアメリカから寄せてくださった丁寧かつ建設的な講評は、今後の研究にも長く役立つ指針となった。

また、慶應義塾大学教授の荻野安奈氏、同大学久保田万太郎記念講座特別招聘講師の佐藤亜紀氏というふたりの大作家から、本書に関するコメントをいただけたのは、まさに望外の幸せであった。株式会社エンサイツを経営する友人、山口恭司氏は本書のポスター制作に尽力してくれた。ゼミの同期生である山口氏とは卒業後も折に触れてたがいの仕事について話してきたが、今回ようやくふたりで一緒に仕事ができるようになったことを心より嬉しく思っている。

そして最後に、優れた編集者をパートナーとして持つことの悦びを教えてくれた松柏社の森有紀子氏に心からの感謝を申し上げる。

本書執筆にあたり、じぶんの研究生活がいかに多くの人に支えられてきたかを痛感している。にもかかわらず、本書に思わぬ間違いやいたらぬ点があるとしたら、それはすべて著者であるわたしの責任である。読者諸兄姉のご批判、ご叱正を待ちたいと思う。

田園調布にて
著者識

二〇〇二年七月一八日

川崎春朗「立教学校の発祥地についての一考察——『詩人ロングフェローの息子の住居』について」『史苑』第60巻第2号（2000年)、165-80頁。

マイケル・フジモト・キージング「スピルバーグも騙されたゲイシャ小説『さゆり』」『新潮45』2000年1月号、132-40頁。

児玉実英『アメリカのジャポニズム——美術・工芸を超えた日本志向』（中央公論、1995年)。

小林利延「日本美術の海外流出——ジャポニズムの種子はどのように蒔かれたのか」ジャポニズム学会、13-25頁。

斎藤美奈子　書評アーサー・ゴールデン著『さゆり』『朝日新聞』朝刊、2000年1月9日、16面。

ジャポニズム学会編『ジャポニズム入門』（思文閣出版、2000年)。

「なぜか米国でゲイシャ復活　いまなお歪んだままの日本理解」『アエラ』1999年4月19日号　『デジタル・ニュース・アーカイヴス』オンライン。

新元良一「芸妓物語『さゆり』誕生秘話」『文藝春秋』1999年12月号、190-99頁。

ユルゲン・メーダー「《蝶々夫人》音楽のエキゾティズムと演劇の自然主義との間」川嶋正幸訳　ジュゼッペ・シノーポリ指揮『マダム・バタフライ』ブックレット（ポリドール、n. d.)。

ームズ・マディソンらなどが名を連ねていた。

竹谷悦子「アフリカとアメリカン・ルネッサンスの時代の帝国幻想――ナサニエル・ホーソーン編『アフリカ巡航記』」『記憶のポリティクス――アメリカ文学における忘却と想起』松本昇・松本一裕・行方均編（南雲堂フェニックス、2001年）、38-57頁。

巽孝之『アメリカン・ソドム』（研究社出版、2001年）。

渡辺淳『パリ一九二〇年代――シュルレアリスムからアール・デコまで』（丸善ライブラリ、1997年）。

7◆アメリカン・ロマンスの岸辺で

Dalby, Liza. *Geisha*. 1983. Berkeley: U of California P, 1988.
Golden, Arthur. *Memoir of a Geisha*. London: Vintage, 1997. 『さゆり』(上・下) 小川高義訳（文藝春秋、1999年）。本論文中の引用は小川氏の訳による。ただし一部引用の文脈に合わせて変更を加えさせていただいた箇所がある。
Jehlen, Myra. "The Literature of Colonization." *The Cambridge History of American Literature*. vol. I. Ed. Sacvan Bercovitch. New York : Cambridge UP, 1994. 13-168.
Kakutani, Michiko. "A Woman's Tale, Imagined by a Man." Rev. of *Memoir of a Geisha*, by Arthur Golden. *New York Times Book Review* 14 Oct. 1997, late ed.: New York Times Online. Online. 2 Aug. 2000.
Laidlow, Christine Wallace. "Charles Longfellow: Explorer and Describer of Japan." *Orientations* 29. 11 (1988): 28-35.
Long, John Luther. *Madame Butterfly*. 1897. New York: Seconda Donna, n.d.
Morley, David Lead. "Working Woman." Rev. of *Memoir of a Geisha*, by Arthur Golden. *New York Times Book Review* 5 Oct. 1997, late ed.: New York Times Online. Online. 2 Aug. 2000.
Murakami, Yumiko. "Hollywood's Slanted View." *Japan Quarterly* 46.3 (1999): 54-62.
Said, Edward. *Orientalism*. New York: Vintage, 1978. 『オリエンタリズム』今沢紀子訳（平凡社、1986年）。
Underwood, Eleanor. *The Life of a Geisha*. Hong Kong: Tuttle, 2000.
Yegenoglu, Meyda. Colonial *Fantasies: Toward a Feminist Reading of Orientalism*. Cambridge: Cambridge UP, 1998.
アーウィン・ユキコ『フランクリンの果実』（文藝春秋、1988年）。

ズ自伝——女・奴隷制・アメリカ』小林憲二編訳（明石書店、2001年）。本論中の訳は、小林氏のものによる。ただし、一部引用の文脈に合わせて変更を加えさせていただいた箇所がある。

Leer, David Van. "Society and Identity." *The Columbia History of American Novel.* Ed. Emory Elliott, et al. New York : Columbia UP, 1991. 486-509.

Liebenow, J. Gus. *Liberia: The Quest for Democracy.* Bloomington: Indiana UP, 1987.

Rubin-Dorsky, Jeffry. "The Early American Novel." *The Columbia History of the American Novel.* Ed. Emory Elliot. Columbia UP, 1991. 6-25.

Smith, David John, ed. *The American Colonization Society and Emigration. Anti-Black Thought: 1863-1925.* vol.10. New York: Garland, 1993.

Spiller, Robert, et al. eds. *Literary History of the United States.* 3rd ed. New York: Macmillan, 1963.

Stewart, James B. *Holy Warriors: The Abolitionists and American Slavery.* New York: Hill and Wang, 1976.『アメリカ黒人解放前史——奴隷制廃止運動』真下剛訳（明石書店、1994年）。連邦議会は1850年にカリフォルニアを自由州として連邦に加入させ、すでに奴隷州となっていたテキサスの領土拡張を断念させ、あらたに準州として加入するニューメキシコとユタの奴隷制問題は住民投票で決着させることになった。くわえてコロンビア特別行政区での奴隷売買を禁止することを決定した連邦議会は、そのひきかえとして、従来の逃亡奴隷法を修正し、南部から北部にやってきた逃亡奴隷の厳しい取り戻しを義務づけた。南部と北部の主張をお互いにすりよせる形でとりまとめたのが「1850年の妥協」である。

Stowe, Harriet Beecher. *Uncle Tom's Cabin.* 1852. Harmondsworth: Penguin, 1990.『アンクル・トムズ・ケビン』(上・下) 吉田健一訳（新潮社、1952年）。

Vidal, Gore. Introduction. *Collected Stories, 1939-1976.* By Paul Bowles. Santa Rosa: Blacksparrow, 1979.

種村季弘『魔術的リアリズム——メランコリーの芸術』(パルコ出版、1988年)。

清水忠重『アメリカの黒人奴隷制論——その思想史的展開』(木鐸社、2001年)。アメリカ植民協会は、1820年から67年までの間に、1万2千人以上の黒人をリベリアに送り込んだ。黒人の植民計画の理念を発案したトマス・ジェファソンは、この協会設立時にはすでに政界を引退していたため、協会の役員になることはなかった。この植民協会の歴代の会長には、ジョージ・ワシントンの甥であるブッシュロッド・ワシントン、独立宣言の署名者でもあったチャールズ・キャロル、元大統領のジェ

ついには社会の約束事にまでなってしまったことを考察している。ここで私が注目したいのは、母性というものもまたヴァーチャルな属性であり、母親ではない人が取り込んでいけるものではないかという可能性を示している点である。

下河辺美知子「トマス・ジェファソン再利用——混血とナショナリティ」『英語青年』1995年10月号、14-16頁。下河辺氏はこの論文で『大統領の娘』を日本でもっとも早い時期に扱い、ジェファソンによるアメリカ国家建設という「アメリカネスの構築」と人種の関係を考察している。

Time-Life Books編集部編『アメリカの世紀！ 1870-1900——さらば駅馬車』加島祥造訳（西武タイム、1985年）。

武田貴子「Twinship: *Pudd'nhead Wilson*と"Those Extraordinay Twins"の関係」『英文学研究』第72巻第2号、192-208頁。

ピエール・ダルモン『医者と殺人者』鈴木秀治訳（新評論、1992年）。

八木敏雄『アメリカン・ゴシックの水脈』（研究社、1992年）。

6◆アフリカの蒼い丘

Ashcrof, Bill, et al. *The Empire Writes Back: Theory and Practice in Post-Colonial Literatures*. New York: Routledge, 1989.
Baepler, Paul. "The Barbary Captivity Narrative in Early America." *Early American Literature* 30.2 (1995): 95-120.
——, ed. *White Slaves, African Masters: An Anthology of American Barbary Captivity Narratives*. Chicago: Chicago UP, 1999.
Bentley, Nancy. "White Slaves: The Mulatto Hero in Antebellum Fiction." *American Literature*. 65.3 (1993): 501-22.
Bertlant, Lauren. "The Queen of America Goes to Washington City: Harriet Jacobs, Francis Harper, Anita Hall." *American Literature* 65.3 (1993): 549-74.
Bowles, Paul. *The Sheltering Sky*. 1949. London: Paladin, 1990.
Clifford, James. *The Predicament of Culture*. Cambridge, MA: Harvard UP, 1988.
Davis, Charles T., and Henry Louis Gates, Jr. *The Slave's Narrative*. New York: Oxford UP, 1985.
Harper, Francis. *Iola Leroy or Shadow Uplifted*. 1893. New York: Oxford UP, 1990.
Jacobs, Harriet. *Incident in the Life of a Slave Girl Written by Herself*. 1861. Ed. Jean Fagan Yellin. Cambridge, MA: Oxford UP, 1987.『ハリエット・ジェイコブ

Bond, Adrienne. "Disorder and the Sentimental Model: A Look at *Pudd'nhead Wilson.*" *The Southern Literary Journal* 13. 2. (1981): 59-71.
Chase-Riboud, Barbara. *The President's Daughter*. New York: Crown, 1994.
——. *Sally Hemings.* 1979. New York: Ballantine, 1994.
Douglass, Ann. *Terrible Honesty: Mongrel Manhattan in the 1920s*. New York: Farrar, 1995.
Fliegelman, Jay. *Declaring Independence: Jefferson, Natural Language, and the Culture of Performance*. Stanford: Stanford UP, 1993.
Gilman, Susan, and Forrest B. Robinson, eds. *Mark Twain's* Pudd'nhead Wilson*: Race, Conflict, and Culture*. Durham, NC: Duke UP, 1990.
Griswold, Jerry. *Audacious Kids: Coming of Age in America's Classic Children's Book*. New York: Oxford UP, 1992.
Knoper, Randall. *Acting Naturally: Mark Twain in the Culture of Performance*. Berkeley: U of California P, 1995.
Lott, Eric "White Like Me: Racial Cross-Dressing and the Construction of American Whiteness." *Cultures of United States Imperialism*. Ed. Amy Kaplan and Donald Pease. Durham, NC: Duke UP, 1993. 474-95.
Sandquist, Eric J. *To Wake the Nations: Race in the Making of American Literature*. Cambridge, MA: Belknap, 1993.
——. "Mark Twain and Homer Plessy." *The American Studies*. Ed. Philip Fisher. Berkeley: U of California P, 1991. 112-38.
——. "The Literature of Expansion and Race." *The Cambridge History of American Literature*. Ed. Sacvan Bercovitch. New York: Cambridge UP, 1995. 125-328.
Twain, Mark. *Pudd'nhead Wilson and Those Extraordinary Twins*. Ed. Sidney E. Berger. New York: Norton, 1980. 『まぬけのウィルソンとかの異形の双生児』村川武彦訳（彩流社、1994年)。引用はこの版による。
明石紀雄『トマス・ジェファソンと「自由の帝国」の理念』(ミネルヴァ書房、1993年)。
——「トマス・ジェファソンとサリー・ヘミングス—後者の視点による前者の生涯の補完」『欧米文化研究』第12号（1995年)、1-27頁。
石井達朗『異装のセクシャリティ』(新宿書房、1991年)。
小谷真理「母装のセクシュアリティ」『ニュー・フェミニズム・レビュー——母性ファシズム』(学陽書房、1995年）144-51頁。この論文において小谷氏はゲイ男性の関係が父と子ではなく、母と子という役割を演じていることに注目し、母性がいかに社会的歴史的な意味あいを付加され、

1964.『アメリカ古典文学研究』大西直樹訳（講談社、1999年）。
Matthiessen, F. O. *American Renaissance: Art and Expression in the Age of Emerson and Whitman*. New York: Oxford UP, 1941.
Mazlish, Bruce. "The Franeur: From Spectator to Representation." Tester 43-60.
Morris, Norval, and David Rothman. *The Oxford History of the Prison: The Practice of Punishment in Western History*. New York: Oxford UP, 1998.
Nord, Deborah Epstein. *Walking the Victorian Streets: Women, Representation, and the City*. Ithaca, NY: Cornell UP, 1995.
Pile, Steve. *The Body and the City: Psychoanalysis, Space and Subjectivity*. London: Routledge, 1996.
Rose, Gilian. *Feminism and Geography*: *The Limits of Geographical Knowledge*. Minneapolis: U of Minnesota P, 1993.
Rothman, David. *Discovery of Asylum: Social Order and Disorder in the New Republic*. Boston: Little, 1971.
Siegel, Adrienne. *The Image of the American City in Popular Literature, 1820-1870*. Portwashington, NY: Kennikat, 1981.
Spain, Daphne. *Gendered Spaces*. Chapel Hill : U of North Carolina P, 1992.
Stansell, Christine. *City of Women: Sex and Class in New York, 1789-1960*. Urbana: U of Illinois P, 1987.
Stimpson, Catharine R., et al eds. *Women and the American City*. Chicago: U of Chicago P, 1981.
Tester, Keith, ed. *The Flaneur*. London: Routledge, 1994.
伊藤章編著『ポストモダン都市ニューヨーク――グローバリゼーション・情報化・世界都市』（松柏社、2001年）。
大井浩二『手紙の中のアメリカ――<新しい共和国>の神話とイデオロギー』（英宝社、1996年）。
亀井俊介『ニューヨーク』（岩波書店、2002年）。
猿谷要『ニューヨーク』（文藝春秋、1992年）。
ヴァルター・ベンヤミン『ボードレール』川村二郎ほか訳（晶文社、1995年）。

5◆ハイブリッド・ロマンス

Bentley, Nancy. "White Slaves: The Mulatto Hero in Antebellum Fiction." *American* Literature. 65. 3. (1993): 501-22.

Studies 12 (1994): 1-23.
Thurston, Carol. *The Romance Revolution: Erotic Novels for Women and the Quest for a New Sexual Identity*. Urbana: U of Illinois P, 1987.
市村尚久『エマソンとその時代』(玉川大学出版部、1994年)。
小谷真理『女性状無意識』(勁草書房、1994年)。

4◆バビロン・シスターズ

Brand, Dana. *The Spectator and the City in the Nineteenth-Century American Literature*. New York: Cambridge UP, 1991.
Burns, Ric and James Sanders. *New York: An Illustrated History*. New York: Knopf, 1999.
Certeau, Michel de. *The Practice of Everyday Life*. Trans. Steven Randall. Berkeley: U of California P, 1984.『日常的実践のポイエティーク』山田登世子訳(国文社、1987年)。
Foster, George G. *New York by Gas-Light and Other Urban Sketches*. Ed. Stuart M. Blumin. Berkeley: U of California P, 1990.
Gilfoyle, Timothy J. *City of Eros: New York City, Prostitution, and the Commercialization of Sex, 1790-1920*. New York: Norton, 1992.
Hamilton, Kristie. *America's Sketchbook: The Cultural Life of a Nineteenth-Century Literary Genre*. Athens, OH: Ohio UP, 1998.
Higginson, Thomas Wentworth. *Carlyle's Laugh: And Other Surprises*. 1909. Freeport, NY: Books for Libraries, 1968.「エミリー・ディキンスンの回想(抄)」高田宣子訳『ディキンスン詩集』新倉俊一訳編(思潮社、1993年)、136-40頁。
Kelley, Wyn. *Melville's City: Literary and Urban Form in Ninetteenth-Century New York*. New York: Cambridge UP, 1996.
Koolhaas, Rem. *Delirious New York: A Retoactive Manifesto for Manhattan*. 1978. Rev. ed. New York: Monacelli, 1994.『錯乱のニューヨーク』鈴木圭介訳(筑摩書房、1995年)。
Lankevich, George J. *American Metropolis: A History of New York City*. New York: New York UP, 1998.
Lauter, Paul. "Teaching Nineteenth-Century Women Writers." *The (Other) American Traditions : Nineteenth-Century Women Writers*. Ed. Joyce W. Warren. New Brunswick : Rutgers UP, 1993.
Lawrence, D. H. *Studies in Classic American Literature*. 1923. London: Heinemann,

3◆美男再生譚

Bullough, Vern L., and Bonnie. *Cross Dressing, Sex and Gender*. Philadelphia: U of Pennsylvania P, 1993.

Carpenter, Frederick Ives. *Emerson and Asia*. Cambridge, MA: Harvard UP, 1930.

Cash, W. J. *The Mind of South*. 1941. New York: Knopf, 1967.

Dyan, Joan. "Amorous Bondage: Poe, Ladies, and Slaves." *American Literature* 66.2 (1994): 239-73.

——. *Fables of Mind : An Inquiry into Poe's Fiction*. New York : Oxford UP,1987.

Douglass, Ann. *The Feminization of American Culture*. New York : Knopf, 1977.

[Felton, C. C.] Rev. of *Philothea*. *North America Review* Jan. 1837: 77-90.

Gorsky, Susan Rubinow. *Femininity to Feminism: Women and Literature in the Nineteenth Century*. New York: Twayne, 1992.

Gruesser, John C. " 'Legeia' and Orientalism." *Studies in Short Fiction* 20.1 (1985): 145-49.

Harris, Susan K. *19th-Century American Women's Novels : Interpretive Strategies*. 1990. New York : Cambridge UP, 1993.

Hayles, N. B. "Androgyny, Ambivalence, and Assimilation in *The Left Hand of Darkness*." *Ursula K. Le Guin*. Ed. Joseph Orlander, et al. New York: Taplinger, 1979. 97-115

Kay, Mussell. *Women's Gothic and Romantic Fiction: A Reference Guide*. Westport: Greenwood, 1981.

Levine, Stuart and Suzan, eds. *The Short Fiction of Edgar Allan Poe*. 1976. Urbana: U of Illinois P, 1990.

Mabbott, Thomas O., ed. *Collected Works of Edgar Alan Poe*. vol II. Cambridge, MA: Belknap-Harvard UP, 1978.

Mathews, James W. "Fallen Angel: Emerson and the Apostasy of Edward Everett." *Studies in the American Renaissance* (1990): 23-32.

[Poe, Edgar Allan.] Rev. of *Philothea*. *Southern Literary Messenger* Sep. 1836: 659-62.

Reynolds, David S. *Faith in Fiction: The Emergence of Religious Literature in America*. Cambridge, MA: Harvard UP, 1981.

Stoehr, Taylor. *Words and Deeds: Essays on the Realistic Imagination*. New York: AMS, 1986.

Tatsumi, Takayuki. "Literacy, Literality, Literature: The Rise of Cultural Aristocracy in 'The Murder in the Rue Morgue'." *The Journal of American and Canadian*

Witch Trials. New York: Knopf, 1949.　『少女たちの魔女狩り』市場泰男訳（平凡社、1994年）。

Rabuzzi, Kathryn Allen. *Motherself: A Mythic Analysis of Motherhood*. Bloomington: Indiana UP, 1988. 母親にとっての「自己」とは子供と自分というふたつの縦の関係を持つ「自己」を共存させることであるとするラブッツィの考察は、母を中心として母親の中に子供が内包されていると分析する。しかし、視点を子に移してみると、子に母親像が内包されているとも考えられる。

Tompkins, Jane. *Sensational Designs: The Cultural Works of American Fiction, 1790-1860*. New York: Oxford UP, 1985.

Weisman, Richard. *Witchcraft, Magic, and Religion in 17th-Century Massachusetts*. Amherst: U of Massachusetts P, 1984.

White, Hayden. "The Value of Narrativity in the Representaion of Rality." *On Narrative*. Ed. W. J. T. Mitchell. Chicago: U of Chicago P, 1981. 1-23.

エディス・ヴァレ「『子どもはいらないと母がいう』ことについて」、A-M・ド・ヴィレーヌ他編『フェミニズムからみた母性』中嶋公子訳（筑摩書房、1995年）。51-56頁。ヴァレは「母性において母と娘のイメージは一致」し、「子どもをほしがらないということは、人類誕生以来、すべての女たちがもつ母性の鏡のなかで果てしなく反射し続ける像を自らずらすことである」と述べている。

イヴォンヌ・クニビレール、カトリーヌ・フーケ『母親の社会史——中世から現代まで』中嶋公子他訳（筑摩書房、1994年）。

ジュリア・クリステヴァ『恐怖の権力——＜アブジェクション＞試論』枝川昌雄訳（法政大学出版局、1984年）。

——.『女の時間』棚沢直子・天野千穂子訳（勁草書房、1991年）。

小谷真理『女性状無意識』（勁草書房、1994年）。

巽孝之『ニュー・アメリカニズム』（青土社、1994年）。

エリザベス・バタンデール『母性という神話』鈴木晶訳（筑摩書房、1991年）。

『ニュー・フェミニズム・レビュー　Vol. 4——エイジズム』（学陽書房、1992年）。

『ニュー・フェミニズム・レビュー　Vol. 6——母性ファシズム』（学陽書房、1995年）。

松本典久『日米文化比較論』（慶應義塾大学出版会、1996年）。

く、その歴史小説を書いた時代の問題を背負っていると指摘している。また19世紀当時の国民文学（national romance）は教科書的な役割を持つことが多く、チャイルドはこうしたジャンルを利用したとも考えられる。

Chodorow, Nancy. *The Reproduction of Mothering.* Berkeley: U of California P, 1978. ナンシー・チョドロウ『母親業の再生産』大塚光子・大内菅子訳（新曜社、1981年）。

Chudacoff, Howard P. *How Old Are You?: Age Consciousness in American Culture.* Princeton UP, 1989.『年齢意識の社会学』工藤政司・藤田永祐訳（法政大学出版局、1994年）。

Dekker, George. *The American Historical Romance.* Cambridge: Cambridge UP, 1987.

Demos, John Putnam. *Enternaining Satan: Witchcraft and the Culture of Early New England.* New York: Oxford UP, 1982.

Fisher, Philip. *Hard Facts: Setting and Form in the American Novel.* New York: Oxford UP, 1985.　フィッシャーは、歴史小説は常に「すでに起こってしまったこと」「不可変性」の感覚をもって描かれるが、同時にどのように未来に対峙するべきかという意識のもとに「過去」と「未来」が混在するジャンルでもあるという考察を加えている。

Gallop, Jane. *Thinking through the Body.* New York: Columbia UP, 1988.

Hirsh, Marianne. *The Mother/Daughter Plot: Narrative, Psychoanalysis, Feminism.* Bloomington: Indiana UP, 1989.『母と娘の物語』寺沢みづほ訳（紀伊國屋書店、1992年）。

Karlsen, Carol. *The Devil in the Shape of a Woman: Witchcraft in Colonial New England.* New York: Norton, 1987.　魔女狩りに関する数値的データが豊富に掲載されている。

Karcher, Carolyn L. *The First Woman in the Republic: A Cultural Biography of Lydia Maria Child.* Durham: Duke UP, 1994. チャイルドが子供を持たなかったことに関して、ベアーの伝記では経済的事情だったのではないかと述べられているが、カーチャーは夫デイヴィッドが性的不能者だった可能性を示唆している。

Lerner, Gerda ed. *The Female Experience: An American Documentary.* 1977. New York: Oxford UP, 1992.

Mills, Bruce. *Cultural Reformations: Lydia Maria Child and the Literature of Reform.* Athens, GA: U of Georgia P., 1994.

Starkey, Marion L. *The Devils in the Massachusetts: A Modern Enquiry into the Salem*

Rowlandson's Captivity." *American Literature* 64.4 (1992): 655-74.

Ulrich, Jana Wellman. "Conant Genealogy" Online. 31 Mar. 2002. http://members.aol.com/janau/conant.htm ロジャー・コナントの家系図を調べたこのサイトによれば、ロジャー・コナントは妻サラとの間に八人の子供をもうけている。そのうちメアリという名の娘が一人いるが（1632-85年)、『ホボモク』のヒロインとの関連性は見られない。この実在のメアリはジョン・バルクと名乗る男性と結婚している。バルクは1662年に海上にて死亡、二人の間には子供はなかった。またチャンドラーによる調査によれば、実在のメアリ・コナントはその後ウィリアム・ダッジと再婚している。

Vaughan, Alden, and Edward W. Clark, eds. *Puritans among Indians: Accounts of Captivity and Redemption, 1676-1724*. Cambridge, MA: Belknap, 1981.

Winthrop, John. *The Journal of John Winthrop, 1630-1649*. Cambridge, MA: Harvard-Belknap, 1996.

難波雅紀「荒野から沃野へ――トマス・シェパードとその周辺」『アメリカの嘆き』宮脇俊文・高野一良編著（松柏社、1999年)、63-84頁。

2◆祖母の物語

Acker, Kathy. *My Mother: Demonology*. New York: Grove, 1993.『わが母　悪魔学』渡辺佐智江訳（白水社、1996年)。

Baer, Helene G. *The Heart Is like Heaven: The Life of Lydia Maria Child*. Philadelphia: U of Pennsylvania P, 1964.

Bardes, Barbara, and Suzanne Gossett. *Declaration of Independence: Women and Political Power in Nineteenth-Century*. New Brunswick: Rutgers UP, 1990.　第1章において、キャサリン・マリア・セジウィックは女性の登場人物たちを通じて個人の自由という信念を表したと説明されている。この精神はアメリカ独立革命期から続く啓蒙思想の水脈を受け継いでいるといえるが、女性作家の書くいわゆる感傷小説においてこの精神が発揮されていたことは注目すべきであろう。そしてこの感傷小説の水脈にはチャイルドの『反逆者』も含まれていると思われる。

Baym, Nina. *Women Novels: A Guide to Novels by and about Women in America, 1820-1870*. 2nd ed. Ithaca, NY: Cornell UP, 1993.

——. *American Women Writers and the Work of History, 1790-1860*. New Brunswick: Rutgers UP, 1995. ベイムは、歴史小説は単に過去を写し取るものではな

Hall, David D. *Worlds of Wonder, Days of Judgment: Popular Religious Belief in Early New England.* Cambridge, MA: Harvard UP, 1989.

——. *The Antinomian Controversy, 1636-1638: A Documentary History*. 2nd ed. Durham, NC: Duke UP, 1990.

Hawthorne, Nathaniel. "The Duston Family." Bosman 31-45.

Jardin, Alice A. *Gynesis: Configuration of Woman and Modernity*. Ithaca, NY: Cornell UP, 1985.

Karcher, Carolyn L. *The First Woman in the Republic: The Cultural Biography of Lydia Maria Child.* Durham, NC: Duke UP, 1994.　チャイルドの文化的伝記としては最大の研究書。本書でふれるチャイルドの伝記的事実に関しては、基本的にカーチャーによっている。

——. Introduction. *Hobomok*. By Lydia Maria Child. ix-xxxviii.

Kolodny, Annette. *The Land before Her: Fantasy and Experience of American Frontiers, 1630-1860*. Chapel Hill: U of North Carolina P, 1984.

Mather, Cotton. "A Narrative of Hannah Dustan's Notable Deliverance from Captivity." Vaughan and Clark 161-64.

Neuberg, Victor. "Chapbooks in America: Reconstructing the Popular Reading of Early America." *Reading in America: Literature and Social History*. Ed. Cathy N. Davidson. Baltimore: Johns Hopkins UP, 1989. 81-113. 18世紀から19世紀にかけて大量生産された小型のチャップブックの影響で、インディアン捕囚体験記は感傷小説や煽情小説へと取り入れられ、本来備わっていたはずの宗教的側面は次第に薄れていった。

Reynolds, David. *Beneath the American Renaissance: The Subversive Imagination in the Age of Emerson and Melville*. Cambridge, MA: Harvard-Belknap, 1988. アン・ハチンソン再評価の動きとして、ハリエット・ヴォーン・チェニイの小説『巡礼たちを覗いてみれば』(1824年) はハチンソンをたぐいまれなる女性として賞賛し、またエライザ・バックミンスター・リーの小説『ナオミ、あるいは百年前のボストン』(1848) は、アンチノミアン思想をもったヒロインが、ピューリタンから迫害されるクエーカー信徒を救う物語になっている。

Rowlandson, Mary White. "The Sovereignty and Goodness of God." Vaughan and Clark. 31-75.

Slotkin, Richard. *Regeneration through Violence*. Hanover: Wesleyan UP, 1973.

Thoreau, Henry David. "from *A Week on the Concord and Merrimack*." Bosman 47-53.

Toulouse, Teresa A. " 'My Own Credit': Strategies of (E)valuation in Mary

Richardson, Robert D., Jr. *Myth and Literature in the American Renaissance.* Bloomington: Indiana UP, 1978.

Samuels, Shirley. *Romances of the Republic: Women, the Family, and Violence in the Literature of the Early American Nation.* New York: Oxford UP, 1996.

Sachez-Eppler, Karen. *Touching Liberty: Abolition, Feminism, and the Politics of the Body.* Berkeley: U of California P, 1993. 第1章においてサンチェス＝エップラーは感傷小説とは、作中人物だけでなく、読者の涙という身体的な反応によって成り立つジャンル（Bodily Genre)だとする刺激的な考察を加えている。

[Sparks, Jared.] "Recent American Novels." *North American Review* 21 (1825): 78-104.

VanDerBeets, Richard. "Indian Captivity Narrative as Ritual." *American Literature* 43.4 (1972): 548-62.

1◆女が犯す

Bercovitch, Sacvan. *The American Jeremiad.* Madison: U of Wisconsin P, 1978.

——, ed. *The Cambridge History of American Literature.* vol.1 New York: Cambridge UP, 1994.

Bhabha, Homi K. *The Location of Culture.* London : Routledge, 1994.

Bosman, Richard, ed. *Captivity Narrative of Hannah Dustan.* San Francisco: Arion, 1987.

Chandler, John F. "Descendants of Richard and Agnes (Clarke) Conant." Online. 31 Mar. 2002. http://home.earthlink.net/~anderson207/Conant.html

Coat of Arms of the Conant Family. *Roger Conant: The Leader of the Old Planters, Salem 1626.* Salem, MA: New England & Virginia Co., n.d.

Derounian, Kathryn Zabelle. "The Publication, Promotion, and Distribution of Mary White Rowlandson's Indian Captivity Narrative in the Seventeenth Century." *Early American Literature* 23.3 (1988): 239-61.

Derounian-Stodola, Kathryn Zabelle, and James Arthur Levernier. *The Indian Captivity Narrative, 1550-1900.* New York: Twayne, 1993.

Elshtain, Jean Bethke. *Woman and War.* 1987. Chicago: U of Chicago P, 1995.『女性と戦争』小林史子・廣川紀子訳（法政大学出版局、1994年）。

Fitzpatrick, Tara. "The Figure of Captivity: The Cultural Work of the Puritan Captivity Narrative." *American Literary History* 3.1 (1991): 1-26.

Gilbert, Sandra, and Susan Guber. *The Madwoman in the Attic: The Woman Writer and the Nineteenth-Century Literary Imagination.* 1979. New Haven: Yale UP, 1984.

Budick, Emily Miller. *Fiction and Historical Consciousness: The American Romance Tradition*. New Haven: Yale UP, 1989.

——. *Nineteenth-Century American Romance: Genre and the Construction of Democratic Culture*. New York: Twayne, 1996.

Chase, Richard. *The American Novel and Its Tradition*. Baltimore: Johns Hopkins UP, 1957. 『アメリカ小説とその伝統』待鳥又喜訳（北星堂書店、1960年）。チェイスは第1章「断ち切れた回路」において、イギリスとは異なるアメリカ文学史におけるロマンスの伝統を打ち立てている。チェイスによれば、アメリカの小説家はロマンスの中に、従来からある「現実逃避、空想、感傷主義」などの要素ではなく、「ニュー・イングランド清教徒主義の偏狭な深み、啓蒙運動の懐疑的合理精神、超絶主義の自由奔放な想像力」といった要素を組み込んでいったのである。さらにアメリカン・ロマンスは、イギリス小説が求めるような秩序の確立ではなく、新たに広がる見知らぬ土地や精神を開拓し、矛盾・混沌をそのまま内包するジャンルだったとも述べられている。

Colacurcio, Michel J. "Idealism and Independence." *Columbia Literary History of the United States*. Ed. Emory, Elliott, et al. New York: Columbia UP, 1988. 207-26.

Curran, Stuart, *Poetic Form and British Romanticism*. New York: Oxford UP, 1986.

Darwin, Charles. *On the Origin of the Species by Means of Natural Selection, and the Descendent of Man and Selection in Relation to Sex*. Chicago: U of Chicago P, 1952.『種の起原（上・下）』八杉龍一訳（岩波文庫、1990年）。

Hawthorne, Nathaniel. *The Blithedale Romance*. 1852. Oxford: Oxford UP, 1998.

——. *The House of the Seven Gables*. 1851. Oxford: Oxford UP, 1998.

Hoffman, Daniel G. *Form and Fable in American Fiction*. 1961. New York: Norton, 1973. 『アメリカ文学の形式とロマンス』根本治訳（研究社、1983年）。ホフマンは現実描写よりもむしろ寓話を重視する、ピューリタン的な伝統がアメリカ文学の中にあることを指摘している。

Martin, Terence. "The Romance." *The Columbia History of the American Novel*. Ed. Emory Elliot, et al. New York : Columbia UP, 1991. 72-88.

Pearce, Lynne, and Jackie Stacey, eds. *Romance Revisited*. New York: New York UP, 1995.

Pearce, Lynne "The Heart of Whiteness: White Subjectivity and Interracial Relationship." Pearce and Stacey 171-84.

Radway, Janice. *Reading the Romance: Women, Patriarchy, and Popular Literature*. 1984. Chapel Hill: U of North Carolina P, 1991.

参考文献

＊複数の章で使用した文献は基本的に初出のみ提示した。

リディア・マリア・チャイルド作品

Child, Lydia Maria. *The American Frugal Housewife*. 1829. Bedford: Applewood, 1992

—. *An Appeal in Favor of That Class Called Africans*. Introduction by Carolyn L. Karcher. 1833. Boston: Massachusetts UP, 1996.

—. *Fact and Fiction: A Collection of Stories*. New York: C. S. Francis, 1845.

—. *The Freedman's Book*. 1865. New York: Arno, 1968.

—. *Hobomok and Other Writings on Indians*. 1986. Introduction by Carolyn L. Karcher. New Brunswick: Rutgers UP, 1991.

—. *Letters from New York*. 1843. New York: C. S. Francis, 1845.

—, ed. *Looking Toward Sunset: From Sources Old New, Original and Selected*. 1864. Boston: Houghton, 1879.

—. *Lydia Maria Child: Selected Letters, 1817-1880*. Ed. Meltzer, Milton, and Patricia G. Holland. Amherst: U of Massachusetts P, 1982.

—. "Mary French and Susan Easton." *Juvenile Miscellany* 3rd ser. 6. 2 (May-June 1834):186-202.

—. *The Mother's Book*. 1831. Bedford: Applewood, 1992.

—. *Philothea: A Romance*. Boston: Otis, 1836.

—. *The Rebels: Boston before the Revolution*. 1825. Boston: Phillips, 1850.

—. *A Romance of the Republic*. 1867. Miami : Mnemosyne, 1969.

序◆アメリカン・ロマンスの大陸

Anonymous. "Review of *Hobomok, a Tale of Early Times*." *North American Review* July (1824): 262-63.

Bercovitch, Sacvan. "Hawthorne's A-Morality of Compromise." *The New American Studies*. Ed. Philp Fisher. Berkeley: U of California P, 1991. 43-69. アメリカ19世紀中葉を「妥協」という視点から分析しているサクヴァン・バーコヴィッチは、この論文において新たなロマンス史を提示してくれている。『緋文字』のヘスター・プリンが彼女自身の改心が説明されないまま、ピューリタン共同体と和解したのはなぜなのかという問いに対して、バーコヴィッチは「1850年の妥協」に象徴される「曖昧性」を適用している。

ま行

や行

ら行

は行

索引

あ行

か行

さ行

た行

大串尚代　おおぐし・ひさよ

1971年、滋賀県生まれ。2000年、慶應義塾大学大学院博士課程修了。博士（文学）。
現在、慶應義塾大学文学部助手。
＜論　文＞「レズを愛する男たち」（『ユリイカ』1994年3月号）、「アラビアン・アダム」（『藝文研究』75号）、"Evolution of 'The Transparent Eyeball': The Reappearance of the Imaginative Self in Jim Dodge's *Stone Junction*." (*Colloquia* 20)
＜共著書＞『物語のゆらめき―アメリカン・ナラティヴの意識史』（南雲堂）、『アメリカ文学ミレニアムⅠ』（南雲堂）、『TAMALA 2010 コンプリート・ブック』（平凡社）

ハイブリッド・ロマンス

アメリカ文学にみる捕囚と混淆の伝統

大串 尚代

初版発行　2002年10月15日

■発行者――――森　信久
■発行所――――株式会社　松柏社
〒102-0072　東京都千代田区飯田橋1-6-1
TEL. 03-3230-4813（代表）FAX. 03-3230-4857
■組版・印刷・製本――モリモト印刷株式会社

ISBN4-7754-0020-7
Printed in Japan